KB161442

유교와 한국문학의 장르

유교와 한국문학의 장르

박희병 지음

2008년 2월 25일 초판 1쇄 발행
2019년 4월 15일 초판 3쇄 발행

펴낸이 한철희 ∣ 펴낸곳 돌베개 ∣ 등록 1979년 8월 25일 제406-2003-000018호
주소 (10881) 경기도 파주시 회동길 77-20 (문발동)
전화 (031) 955-5020 ∣ 팩스 (031) 955-5050
홈페이지 www.dolbegae.co.kr ∣ 전자우편 book@dolbegae.co.kr

책임편집 이경아 ∣ 편집 윤미향·김희진·서민경·이상술
표지디자인 박정은 ∣ 본문디자인 박정은·박정영·이은정
인쇄 한영문화사 ∣ 제본 경일제책사

ISBN 978-89-7199-304-0 (93810)

이 도서의 국립중앙도서관 출판시도서목록(CIP)은 e-CIP 홈페이지
(http://www.nl.go.kr/cip.php)에서 이용하실 수 있습니다.(CIP제어번호: CIP2008000716)

유교와 한국문학의 장르

박희병 지음

돌베개

책머리에

유교는 중국에서 만들어진 사상이지만 한국, 일본, 베트남 등 동아시아 국가들에 큰 영향을 미쳤다. 특히 유교가 한국에 끼친 영향은 일본이나 베트남과 비교할 수 없을 정도로 막대하다.

이 책은 유교가 전통시대 한국문학의 글쓰기에 어떻게 관여하고, 어떤 영향을 미쳤으며, 어떤 제약을 가했는지를 탐구하는 데 목적이 있다. 그런데 글쓰기란 언제나 '장르'를 매개(媒介)해 이루어진다. 생물학적 비유를 들자면, 하나하나의 글쓰기가 생명의 최소 단위인 세포에 해당한다면, 하나하나의 문학장르는 특정한 세포들이 모여 이루는 특정한 조직과 같다고 할 것이다. 수많은 조직들이 모여 기관을 이루고 급기야는 하나의 개체를 이루듯, 수많은 문학장르들이 모여 한국문학이라는 하나의 체계를 이루게 된다. 그러므로 유교가 한국문학의 글쓰기에 미친 영향을 살피기 위해서는 개별 작품을 하나하나 들여다보거나 부조적(浮彫

的)으로 검토하기보다는 문학장르를 논의의 중심에 놓고서 검토하는 쪽이 훨씬 효율적이고, 계통적이며, 체계적일 수 있다. 이런 이유에서 본서는 유교가 한국문학의 '장르'에 어떤 영향을 드리웠는가를 살피는 데 논의의 주안점을 두었다. 그렇기는 하나, 장르에 대한 논의는 결국 그 장르에 속한 작품들에 대한 논의로 이어질 수밖에 없는바, 이런 견지에서 본다면 본서의 논의는 곧 작품에 대한 논의이기도 하다는 점을 말해 두고 싶다.

유교가 전근대 한국문학에 미친 막대한 영향력을 감안할 때, 유교가 한국문학의 장르들에 어떤 작용을 했는가를 묻는 것은 곧 전통시대 글쓰기의 가장 중요한 본질을 묻는 일이 된다. 이 물음에는 당연히 다음의 질문들이 포함된다: 유교가 한국문학 장르의 형성과 전개에 어떤 관여를 했는가. 유교는 한국문학사가 펼쳐 보인 수많은 역사적 장르들의 장르적 규범과 관습에 어떻게 그리고 어떤 방식으로 스며들어 있는가. 유교는 개별 장르들의 미학과 세계관에 어떻게 정초(定礎)되어 있으며 어떻게 내면화되어 있는가. 유교는 장르들의 질서와 체계에 어떻게 개입하고 있으며 또 그것을 어떻게 규율하고 있는가. 유교는 특정한 장르의 가이드라인 혹은 레드라인을 어떻게 은밀히 규정짓고 있는가. 유교는 한국문학의 상상력에 어떤 작용을 했는가. 유교는 전근대 한국문학의 글쓰기에 어떤 음영(陰影)을 드리웠으며 어떤 특징들을 초래했는가. 유교의 경계 밖에 있는 장르들과 유교의 경계 내에 있는 장르들의 관계, 그리고 유교에서 이탈하고자 하는 지향의 글쓰기와 유교적 이념을 충실히 구현하는 글쓰기의 관계는 어떠한가.
유교가 한국문학의 장르적·문예적 '창안'에 기여한 점이 있는가,
있다면 무엇인가.

이처럼 본서는 유교와 문학장르, 이 둘을 기축(基軸)으로 논의
를 전개한다.

한국유교와 관련해서는 최근 크게 두 가지 담론태도가 눈에 띈
다. 하나는 한국유교에서 가능한 한 긍정적인 의미를 찾고자 하
는 태도이고, 다른 하나는 한국유교의 부정적인 면을 집중적으로
부각시키고자 하는 태도이다. 이 두 가지 태도에는 물론 제각각
그 나름의 이유가 있긴 하나, 모두 일면적이고 편향되어 있다는
점에서 나는 그 어느 쪽에도 동의하지 않는다. 긍정적인 의미만
부각시키고자 할 경우 결국 미화(美化)로 빠질 우려가 없지 않은
데, 그렇게 되면 본의는 아닐지라도 실상을 은폐하거나 분식(粉
飾)하는 꼴이 되고 만다. 부정적인 면만 들춰낼 경우 결국 자기비
하에 빠지게 되며, 유교가 갖는 또 다른 의미 있는 측면에 대해서
는 색맹이 되고 만다. 사실 일방적인 긍정이나 일방적인 부정만
큼 쉬운 일도 없을 것이다. 하지만 그것은 총체적 진실과는 거리
가 멀며, 대개 단순하고 저급한 정신의 자기정시(自己呈示)일 뿐
이다.

이런 점을 감안해 본서는, 유교의 공(功)과 과(過)를 모두 인정
하고, 가능한 한 그것을 학문적 견지에서 냉철히 보려는 입장을
견지코자 한다. 그렇다고 해서 본서가 적당히 절충적 입장을 취

하고 있는 건 아니다. 유교의 공과 과는 많은 경우 서로 분리하기 어렵게 맞붙어 있는바, 공 안에 과가 있고 과 안에 공이 있으며, 부정 속에 긍정이 담지되어 있고 긍정 속에 부정이 담지되어 있다. 우리는 불가피하게도 공 속에서 과를 보아내야 하고 과 속에서 공을 보아내지 않으면 안 된다. 사정이 이처럼 미묘하고 복잡하므로, 이건 괜찮지만 저건 나쁘다는 식의 평면적인 절충으로는 사태의 역동적 실상을 제대로 드러낼 수 없다. 그보다는 대상에 대해 엄정하고 비판적인 시각을 견지함으로써, 부정 속에서 긍정을 발견하고 긍정 속에서 부정을 재차 읽어내는 것이 긴요하면서도 지혜로운 태도가 아닐까 한다. 요컨대, 본서는 유교의 과(過)나 유교가 초래한 제약에 대해 극히 비판적인 시각을 취하고 있지만, 오히려 바로 이 때문에 유교의 공(功)은 정당하게도 긍정된다. 부정과 긍정은 대대적(待對的) 관계, 즉 서로 대립적이면서도 통일적인 관계 속에 놓이는 것이다. 이런 방법론적 전제는, 본서의 주제를 자유롭고 유연한 정신에 입각해 보다 실사구시적이고 깊이 있게 탐구할 수 있게 해 준다.

한국문학 연구에서 장르에 대한 관심 내지 장르론적 논의는 1970년대와 80년대에 비교적 활발히 제기되었으나 그 이후로는 찾아보기 어렵다. 이는 그간의 한국문학 연구가 자료에 대한 논의나 실증적 논의 쪽에 치중하고 이론적 논의를 회피하는 경향을 보인 것과 관련이 있는데, 이 점 대단히 심각한 문제가 아닐 수 없다. 자체적인 이론생산이나 이론구성 능력이 없는 학문은 필경

쇠퇴하거나 사양길에 접어들고 만다. 이론을 통해서만 지적 능력의 최대치가 계발(啓發)되고, 인식행위가 심원해질 수 있으며, 그때서야 학문은 자기한계를 포함해 스스로를 객관적으로 보는 눈을 획득할 수 있게 되기 때문이다. 말하자면 아이의 단계에서 어른의 단계로 이행하게 되는 것이다. 이 지경에 이르러야 학문은 자신의 고유성과 함께 진정한 의미에서의 성숙과 겸손을 갖출 수 있을 터이다. 요즘 '우리학문의 세계화'를 많이 말하지만, 이 난관을 제대로 돌파하지 않고서는 공허한 구두선에 불과할 것이다.

　유교와 한국문학의 장르, 이 둘을 관련지어 본격적으로 연구한 저서는 아마 이 책 이전에는 없는 것 같다. 나는 이 책이 비단 전통시대 한국문학의 장르라든가 글쓰기에 대한 연구로서만이 아니라, 한국유교에 대해 특수한 접근을 시도한 책으로도 읽히기를 희망한다. 나는 이 책을 외국의 한국학 연구자들도 참조할 수 있도록 가능한 한 쉽고 간명하게 서술하고자 했으나, 과연 그렇게 됐는지는 장담할 수 없다. 아무쪼록 이 책이 한국학의 이론적 모색의 도정에 작은 보탬이 되기를 바란다.

2008년 2월
박희병

차례

1
문제와 방법

1. 잘 알려져 있다시피 유교는 중국에서 형성된 사상이다. 하지만 그것은 중국만이 아니라 한국, 일본, 베트남 등 동아시아 사회 전반에 막대한 영향을 끼쳤다. 유교는 삶과 의식을 규율하는 하나의 독특한 사상 체계이자 원리이기에 동아시아의 문학과 예술에도 심대한 영향을 미쳤다.

본서는 유교와 한국문학 장르[1]의 관련성을 살피는 데 목적이 있다. 이 문제의 탐색에는 하나의 커다란 난점이 존재한다. 유교 사상과 직접적 관련을 갖는 한국문학의 대다수 장르들, 특히 한국한문학(韓國漢文學)의 장르들이 중국문학에 그 기원을 두고 있다는 사실이 그것이다. 이 점에서 이런 장르들은 동아시아적 보편성과 한국적 특수성을 동시에 갖고 있다. 이 둘 가운데 동아시아적 보편성을 강조할 경우 한국적 특수성은 묻혀 버리기 쉽다. 반대로 한국적 특수성만 강조할 경우 동아시아적 보편성이 가려

1 본서에서 말하는 '한국문학 장르'란 전근대 시기의 장르를 가리킨다.

져 버려 과장된 혹은 편벽된 주장이 되기 쉽다. 이 두 극단으로 흐르지 않는 길은 없을까? 그리하여 동아시아적 보편성을 염두에 두면서도 한국적 특수성을 보듬어 내는 방법은 없을까? 이 책은 이런 고민을 밑에 깔고서 출발한다.

2. 사상과 장르의 관련을 문제 삼을 때 발생하는 또 다른 난점은, 어떤 특정 사상과 어떤 특정 장르가 과연 일대일로 대응될 수 있는가 하는 점이다. 장르의 형성과 전개에는 단순히 사상만이 아니라 사회적·문화적·계급적 관련 등 다양한 요인이 작용할 수 있기 때문이다. 뿐만 아니라, '사상' 그 자체만 놓고 보더라도 하나의 장르와 관련을 맺고 있는 사상은 단지 하나이기만 한 것은 아니며, 둘 혹은 그 이상일 경우도 없지 않다. 게다가 어떤 장르의 경우, 그 발생은 특정 사상과 별반 관련이 없다가도 그 전개 과정에서 특정 사상의 영향을 받게 되는 경우도 없지 않다. 이런 점들을 고려한다면 유교와 장르의 관련을 따지는 방식은 개개 장르의 성격을 십분 고려하여 단선적이지 않고 복선적(複線的)이어야 하며, 장르의 역사성에도 유의할 필요가 있다.

3. 유교와 장르의 문제를 검토할 때 우리가 예비적으로 확인해 두지 않으면 안 될 또 다른 점은, 유교가 장르에 미

친 영향이 개개의 장르만 열심히 들여다본다고 해서 잘 파악될 수 있는 것은 아닌바 장르들의 상호 관계에도 주목할 필요가 있다는 사실이다. 다시 말해 유교가 거시적인 견지에서 특정 시기의 장르관계에 어떤 영향력을 드리우고 있는지에 대한 통찰이 필요하다. 이런 시각은 특정 시기에 존재했던 장르들의 '바깥'을 사유할 수 있게 하며, 유교가 글쓰기의 어떤 가능성들, 어떤 장르적 가능성들을 특정 시기의 장르체계에서 주변화시키거나 배제시키려 했는지를 알 수 있게 해 준다. 뿐만 아니라, 이런 시각은 유교를 충실히 구현한 장르들과 유교와 무관한 장르들 간에 의외로 일종의 '대대적(待對的) 관계'라고 할 만한 기묘한 상호의존적 관계가 존재한다는 사실을 해명하는 데 도움이 된다. 요컨대 이러한 접근법은, 장르체계의 '안/밖' '중심/주변' '상/하'가 유교 사상과 맺고 있는 복잡한 관련을 드러내 준다.

4. 유교와 장르의 관계에 대한 검토는 자칫 요소주의적으로 될 위험이 없지 않다. 이를테면, 어떤 장르에 어떤 유교적 요소가 있다는 점을 지적하는 것이 그런 것일 터이다. 이런 지적이 전연 의미가 없는 것은 아니지만, 그럼에도 그것은 대개 뻔한 지적으로 귀결되기 쉽다. 이런 점을 넘어서기 위해서는 방법적으로 어떤 노력이 요청되는 것일까? 무엇보다 유교의 원리적·미학적 특질이 어떻게 문예적으로 구현되고 구조화(構造

化^{2}되는가 하는 점에 주목할 필요가 있지 않을까 한다. 그럴 경우 우리의 시좌(視座)에는 '사대부'라는 존재가 떠오른다. 사대부는 중국에도 존재했지만, 한국의 사대부, 특히 '조선' 사대부는 그것대로의 독자성을 갖는다. 조선 사대부 계급은 유교 중에서도 대단히 독특한 면모를 지닌 저 주자학을 이념적 근간으로 삼았다. 그들은 대체로 주자학의 이념에 따라 사유하고, 느끼고, 미(美)에 대해 감수(感受)하고, 생활하였다. 그러므로 한국, 특히 조선조의 유교 사상이 장르적으로 어떻게 구현되었는가를 살피려고 한다면 사대부 계급의 심의경향(心意傾向)과 미의식, 의식패턴 등을 염두에 두지 않으면 안 된다. 장르와 연관된 상상력과 감수성의 기본적 특징이라든가 상상력과 감수성이 보여주는 한계의 문제 등에 대한 검토도 사대부 계급에 대한 고려 없이는 구체성을 얻기 어렵다.

5. 유교와 장르의 문제를 따질 때 중심 대상은 역시 한문학 장르일 터이다. 하지만 국문 장르라고 해서 배제되는 것은 아니다. 국문 장르는 국문 장르대로 독특한 방식으로 유교와 관련을 맺고 있으며, 어떤 경우 대단히 문제적이기도 하다. 가령

---

2 여기서 '구조화'라는 말은 형식과 내용을 포괄하는 의미다. 따라서 그것은 '내용화'이지만도 않고 '형식화'이지만도 않으며, 이 둘을 아우르는 개념이다.

시조라든가 가사라든가 국문소설 같은 것이 그러하다. 이런 국문 장르에서 유교가 어떤 방식으로 작동하고 있으며, 어떤 결과를 빚어내고 있는지를 검토하는 것은 대단히 중요한 일이다.

6. 유교와 장르의 관련을 따질 때, 한편으로는 '논리적'으로 유교 사상 일반의 어떤 특질에 접근한다 할지라도, 다른 한편으로는 유교 사상 자체의 '역사적' 전개 양상과 그 유파에 유의할 필요가 있다. 가령 주자학의 조선적 심화 과정이 한국 문학의 장르에 어떤 영향을 끼쳤는가, 주자학에 대한 회의(懷疑)에서 비롯된 조선 후기의 실학과 양명학이 장르에 미친 영향은 무엇인가 하는 등등에 대한 물음을 안고 갈 필요가 있다.

2
유교와 한시

1. 먼저 한시부터 보자. 한시는 이미 삼국 시대에 창작되었고 고려시대에 융성했으나, 가장 난만한 모습을 보인 것은 조선시대에 와서였다. 조선시대에 한시 창작은 사대부 계급의 기본 교양이었다. 조선의 사대부들이 한시의 학습과 창작에 이토록 열의를 보인 것은 어째서일까? 이 독특하다면 독특한 문화적 행위 속에는 어떤 유교 사상이 내재해 있는 것일까? 이 물음에 답하기 위해서는 유교의 창시자인 공자(孔子)의 어록이라 할 『논어』에 나오는 다음 말들을 상기할 필요가 있다.

(1) 『시경』(詩經)에서 일으키고, 『의례』(儀禮)에서 서며, 『악경』(樂經)에서 완성한다.[1]

(2) 진항(陳亢)이 백어(伯魚: 공자의 아들 — 인용자)에게 물었다.

---

1 "興於『詩』, 立於『禮』, 成於『樂』."(『논어』 「태백」泰伯)

"그대는 부친에게서 특별한 가르침을 받은 게 있을 테지요?"

백어가 대답했다.

"일찍이 아버님께서 홀로 서 계실 적에 제가 총총걸음으로 조심스럽게 뜰을 지나갔다오. 아버님은 제게 '너는 『시경』을 배웠느냐?' 하고 물으시더군요. 저는 '아직 못 배웠습니다' 라고 대답했지요. 그러자 아버님은 『시경』을 배우지 않으면 말을 적절히 할 수 없는 법이다' 라고 하셨소. 그래서 저는 물러가 『시경』을 배웠다오. 다른 날 아버님께서 또 홀로 서 계실 적에 제가 총총걸음으로 조심스럽게 뜰을 지나갔다오. 아버님은 제게 '너는 『의례』를 배웠느냐?' 하고 물으시더군요. 저는 '아직 못 배웠습니다' 라고 대답했지요. 그러자 아버님은 '『의례』를 배우지 않으면 사람이 될 수 없다' 라고 하시더군요. 그래서 저는 물러나 『의례』를 배웠다오."[2]

(3) 공자께서 말씀하셨다.

"너희들은 어째서 『시경』을 배우지 않는가? 『시경』을 배우면 가히 일으킬 수 있고, 가히 살필 수 있으며, 가히 무리를 지을 수 있고, 가히 원망할 수 있다. 가까이는 부모를 섬길 수 있게 하고, 멀리는 임금을 섬길 수 있게 하며, 새·짐승·풀·나무의 이름에 대해 많은 것을 알게 해 준다."[3]

---

2 "陳亢問於伯魚曰: '子亦有異聞乎?' 對曰: "未也. 嘗獨立, 鯉趨而過庭, 曰: '學『詩』乎?' 對曰: '未也.' '不學『詩』, 無以言.' 鯉退而學『詩』. 他日又獨立, 鯉趨而過庭, 曰: '學『禮』乎?' 對曰: '未也.' '不學『禮』, 無以立.' 鯉退而學『禮』."(『논어』 「계씨」季氏)

(4) 공자가 백어에게 이르셨다.

"너는 「주남」(周南)과 「소남」(召南)을 배웠느냐? 사람으로서 「주남」과 「소남」을 배우지 않는다면 그것은 담장을 마주하고 서 있는 것과 같단다."[4]

(5) 공자께서 말씀하셨다.

"『시경』 3백 편을 외웠다 한들, 정치를 맡겼을 때 제대로 하지 못하고, 외국에 사신으로 나갔을 때 적절히 응대하지 못한다면, 비록 많이 외웠다 한들 얻다 쓰겠는가."[5]

(1)과 (3)에 보이는 '일으키다'라는 말은 '마음을 감발(感發)시킨다'는 뜻이다. (3)에 보이는 '살피다'라는 말은 '민풍(民風)을 관찰한다'는 뜻이다. 민풍, 즉 백성의 풍속을 잘 살펴야 올바른 정치를 행할 수 있다. 그러므로 이 말은 시와 정치의 관련을 보여주는 것이라고 할 수 있다. 또 (3)에는 '무리를 짓는다'라는 말이 보이는데, 이 말은 후대에 와서 끼리끼리 서로 어울려 시를 수창(酬唱)한 사대부들의 풍습을 정당화하는 근거로 자주 인용되곤 하였다.

---

3 "子曰: '小子何莫學夫詩? 『詩』, 可以興, 可以觀, 可以群, 可以怨. 邇之事父, 遠之事君, 多識於鳥獸草木之名.'"(『논어』「양화」陽貨)

4 "子謂伯魚曰: '女爲「周南」「召南」矣乎? 人而不爲「周南」「召南」, 其猶正牆面而立也與!'"(『논어』「양화」)

5 "子曰: '誦詩三百, 授之以政, 不達, 使於四方, 不能專對, 雖多亦奚以爲?'"(『논어』「자로」子路)

또한 (3)의 '원망하다'라는 말은, 시가 갖는 풍간(諷諫)⁶의 기능을 이른다.

『시경』에 대해 언급한 공자의 말을 통해 우리는 공자가 적어도 시에 대해 어떤 생각을 갖고 있었는지 확인할 수 있다. 첫째, '시(詩)/예(禮)/악(樂)'은 서로 긴밀히 연결되어 있으며, '시'는 그 자체로 독립적인 것이라기보다 '예'와 '악'이라는 다음 단계로 나아가는 데 불가결한 과정이라고 생각했다는 점이다. 이 점에서 공자는 유교적 시스템 그 전체를 유지하고 재생산하는 데 '시'가 기본적이면서도 필수적인 것이라고 생각했음이 틀림없다. 둘째, 실용적·현실적 측면에서 시의 효용성에 주목하고 있다는 점이다. 시를 공부하면 말을 잘하는 데 도움이 되고, 정치를 하는 데도 도움이 되며, 사신으로서 외국에 가 외교행위를 하는 데에도 도움이 된다고 본 것이 그 단적인 예다. 뿐만 아니라, 시를 공부하면 부모와 임금을 섬기는 도리를 아는 데나 자연에 대한 지식을 확충하는 데에도 도움이 된다고 보았다. 중요한 것은, 공자의 이런 언명들이 어디까지나 『시경』과 관련해 발(發)해진 것임에도 후대에 와서는 그 취지가 확대되어 '시'란 의당 그런 것이어야 한다는 '규범적' 진술로 받아들여지게 된다는 사실이다.

조선시대 사대부들의 시작(詩作) 활동과 시에 대한 관념은 기본

---

6 '풍간'이란, 넌지시 말하여 잘못을 고치도록 깨우치는 것을 이른다. 이는 아랫사람이 윗사람을 향해, 백성이 임금 등의 위정자를 향해 하는 발화행위(發話行爲)다. 풍간은 노골적이거나 과격하지 않고 완곡하다는 점에서 satire(풍자)와 구별된다.

적으로 『논어』에 보이는 공자의 이런 생각에 그 사상적 원천을 두고 있다. 조선시대에는 국가시험인 과거(科擧)를 통해 인재를 선발했는데 과거 시험에는 한시 창작 능력을 시험하는 과목이 포함되어 있었다. 왜 국가의 인재를 선발하는 시험 과목에 한시가 포함된 것일까? 국가 경영에 한시를 창작하는 능력이 긴요하다고 보았기 때문이다. 이런 사고방식은 그 근원을 소급해 가면 공자에 가 닿는다.

공자는 외교행위에서 시가 불가결하다고 보았다. 실제 조선시대에는 명나라에서 사신이 오면 반드시 시를 잘 짓는 문인을 선발해서 명나라 사신과 시를 주고받게 하였다. 뿐만 아니라 일본에 통신사를 보낼 때에도 반드시 시 잘 짓는 사람을 한두 사람 뽑아 동행하게 하였다. 이들이 일본에 가면 일본인의 요구에 따라 수많은 시를 짓곤 하였다.[7] 시를 통한 외교행위라 이를 만하다. 지봉(芝峰) 이수광(李睟光, 1563~1628)이 북경에 가서 베트남 사신들과 시를 주고받은 것 역시 이런 외교행위의 일환이었다고 볼 수 있다.[8]

한시와 국가 경영의 관계는 단지 외치(外治)인 외교행위에서만 확인되는 것은 아니다. 그것은 내치(內治)에서도 확인되니, 이른

---

7 연암(燕巖) 박지원(朴趾源)이 창작한 「우상전」(虞裳傳)에 이런 점이 잘 그려져 있다. 『연암집』(燕巖集) 권8 방경각외전(放璚閣外傳) 참조.
8 『지봉집』(芝峰集) 권8 「안남사신창화록」(安南使臣唱和錄), 『지봉집』 권9 「유구사신증답록」(琉球使臣贈答錄) 참조.

바 관각시(館閣詩)라는 것이 그것이다. 관각시는 중앙정부의 청요직(淸要職)에 몸담고 있는 관리의 기분이나 존재감을 드러낸 한시를 일컫는 말이다. 따라서 그것은 대개 군주를 찬미하거나 중앙관리로서의 삶을 긍정적으로 그리고 있게 마련이다. 관각시는 한시와 위정자, 한시와 통치행위 사이의 밀접한 관련성을 잘 보여준다.

조선시대 사대부들은, 관직에 진출한 사람이건 재야에 있던 사람이건 간에, 누군가와 서로 시를 주고받거나 여러 사람이 함께 어울려 시를 창작하였다. 현전(現傳)하는 문집들에 수록된 글의 대다수는 시이며, 이들 시의 많은 부분은, 증별시(贈別詩)라든가 수창시(酬唱詩)에서 잘 드러나듯 벗이나 선후배들 간의 인간관계 속에서 창작되었다. 이런 문화 패턴은 사대부 계급의 속성 내지 취향과 분리해 생각하기 어렵다. 사대부 계급의 취향과 문화적 의식 속엔 공자 이래의 시에 대한 관점이 내재해 있다. 이 점과 관련해서는 앞에 인용한 공자의 말 (3)에 보이는 "가히 무리를 지을 수 있고"라는 구절에 주목할 필요가 있다. 이 말은 시를 통해 끼리끼리 무리를 지을 수 있다는 뜻으로 해석되어 왔으며, 그리하여 '시를 통한 결사(結社)'라고 할 수 있는 '시사(詩社)' 결성에 정당성을 부여하는 근거가 되었다.

원래 조선시대 사대부들은 친한 사람들끼리 서로 시를 주고받는 생활을 영위하면서 상호 유대를 다지고 감정을 교류해 왔다. 물론 조선시대 사대부들이 꼭 시사를 통해서만 시를 수창했던 것은 아니지만, '시사'는 사대부의 생활 취향이 낳은 하나의 독특한 문화 현상이었던 것이다. 그런데 17세기 말 이후 당쟁이 격화됨에 따라 시의 수창 내지 시사 활동도 당파별로 이루어지는 특징을 보이게 된다. "가히 무리를 지을 수 있고"라는 공자의 말이 조선 후기에는 시작(詩作)의 '당파적 귀결'로 현현된 셈이다. 한편 조선 후기에는 새로운 사회 세력으로 중인층이 등장했는데, 중인층 역시 자기들대로 무리를 지어 시사를 결성하곤 하였다. 중인층이 창작한 한시에는 중인층에 가해진 신분적 제약과 관련한 불평지심(不平之心)이 종종 나타나고 있기는 하나, 그럼에도 불구하고 적어도 장르론적 견지에서 본다면 사대부 한시와 본질적으로 구분되는 의미 있는 변화는 찾기 어렵다.

　장르론적 견지에서 볼 때 한시에서 주목되는 또 하나의 측면은 '관풍찰속'(觀風察俗)이다. 이른바 민풍(民風) 관찰로서의 한시 창작이다. 공자는 한시의 이런 측면에 일찌감치 주목한 바 있다. 앞의 인용문 (3)에서 "가히 살필 수 있으며"라고 한 말이 그것이다. 우리나라에서는 고려 후기 이래 신흥사대부층이 대두해 성장함에 따라 이런 종류의 한시가 눈에 띄게 늘어나는 경향을 보인다. 이규보(李奎報, 1168~1241), 윤여형(尹汝衡, 14세기 전반기), 이색(李穡, 1328~1396) 등에 의해 창작된 이른바 애민시(愛民詩) 계열의 한시가 그 좋은 예다. 이런 시들은 백성의 어려운 삶을 대변하면서 위정자로서의 분발과 각성을 촉구하는 성격을 갖고 있으며, 이 점에서 조선 사대부 계급의 애민적(愛民的) 자세를 약여히 보여준다고 할 수 있다. 이런 애민적 자세는 유교 사상의 한 근간을 이룬다 할 저 '애민사상'(愛民思想)에 기인한다. 조선시대에 들어와서도 이런 성격의 한시는 간단없이 창작되었다. 조선 전기에는 매월당(梅月堂) 김시습(金時習, 1435~1493)이 특히 주목되며, 조선 후기에는 다산(茶山) 정약용(丁若鏞, 1762~1836)이 대표적이다. 백성의 풍속이나 질고(疾苦)에 대한 관심은 한시의 하위장르들이라 할 악부시(樂府詩)나 죽지사(竹枝詞)를 통해 집약적으로 표명되었다.

한시 장르의 유교적 연관과 관련하여 주목해야 할 또 다른 점은 '풍간'(諷諫)이다. 풍간은 잘못된 정치 혹은 민생의 곤고함 따위를 은근히 고발하고 비판하면서 위정자, 특히 군주에게 그 시정(是正)을 촉구함을 특징으로 한다. 풍간은 그리 공격적이지는 않다는 점, 그리고 문제 해결을 위해 통치자의 선처를 기대하고 있다는 점에서 일단 '풍자'와는 구별된다. 공자는 한시 장르가 보여주는 몇 가지 주요한 지향의 하나인 이 풍간에 주목한 바 있으니, 인용문 (3)의 "가히 원망할 수 있다"라는 말이 그것이다. 하지만 적어도 한시가 유교의 테두리 속에서 창작되는 한, 풍간의 시는 지나치게 공격적이어서도 안 되고, 지나치게 각박해서도 안 되며, 통치의 최상위에 존재하는 군주를 폄훼해서도 안 된다는 전제가 작동되고 있었다. 모든 실정(失政)은 군주의 밑에서 일하는 신하들이 잘못 보필한 때문인바, 군주가 이 같은 잘못된 현실을 제대로 파악하고 마음을 돌릴 경우 상황이 개선될 수 있다는 믿음 위에서—적어도 외관상으로는 그런 믿음 위에서—시는 창작된다. 바로 이 점에서 풍간의 시는 철저히 유교적임과 동시에 유교적 이념 위에서 창작된 한시의 자기 한계를 뚜렷이 드러낸다.

풍간의 시를 잘 쓴 시인으로는 두 사람을 거론할 수 있다. 한 사람은 석주(石洲) 권필(權韠, 1569~1612)이고, 다른 한 사람은 정약용이다. 이 두 시인은 풍간의 한계와 가능성을 두루 잘 보여주는 바, 권필은 왕실의 외척을 풍유(諷喩)하는 시 때문에 결국 목숨을 잃게 되었고, 정약용은 도탄에 빠진 백성들의 삶을 줄기차게 시에 담으면서 일면으로는 군주가 이런 현실을 제대로 깨닫기를 바라는 무망(無望)한 기대를, 다른 일면으로는 사대부의 존재 이유에 대한 통절한 반성을 제기하고 있다. 주목되는 점은, 정약용의 시는 그 현실 비판의 절절함에도 불구하고 풍간의 전통을 벗어나지 않고 있는 것으로 보이는 반면, 권필의 시는 풍간의 전통에 기반해 있기는 하나 풍간을 넘어 '풍자'로 나아간 것으로 보이는 작품도 없지 않다는 사실이다. 예컨대 권필의 「충주석」(忠州石)이라든가 「영사」(詠史)[9] 같은 작품이 그러하다. 이들 작품은 풍자시로 보더라도 무방하다고 생각된다.

한국 한시가 보여주는 간과해서는 안 될 또 하나의 특징은 재도론적(載道論的) 지향이다. 이 경우 '도'(道)란 기본적으로 유교적 이념성이다. 다시 말해 유교가 지향하는 이상적 가치태도 내지

---

9 「충주석」(忠州石)은 권필의 문집인 『석주집』(石洲集) 권2에, 「영사」(詠史)는 권3에 실려 있다.

도덕의식을 뜻한다. 이를테면 효제충신(孝悌忠信)이나 정렬(貞烈) 같은 것이 그런 것에 해당한다. 한국 한시가 보여주는 이런 면모의 사상적 연원을 소급해 본다면 (3)에 보이는 공자 언설 중의 "가까이는 부모를 섬길 수 있게 하고, 멀리는 임금을 섬길 수 있게 하며"에 상도(想到)하게 된다. 특히 조선은 주자학을 공식적인 통치 이데올로기로 삼은바 동아시아에서 달리 유례를 찾을 수 없을 정도로 강고한 주자학적 이념에 의거해 국가와 사회를 운용해 갔다는 점에서, 주자학이 담지하고 있는 저 강렬하면서도 유별난 이념성 내지 윤리성은 직접적으로든 간접적으로든 조선 시학(詩 學)의 기본적 성격과 전개에 크나큰 영향력을 행사할 수밖에 없었다. 그리하여 조선시는, 알게 모르게, 그리고 현시적으로든 묵시적으로든, 재도론적 면모를 강하게 내면화해 갔던 것으로 판단된다.

넓은 의미에서 본다면 조선시의 '재도론적' 면모는 유교적 윤리의식의 시적 담지(擔持)를 뜻하고 이 점에서 특정한 사상 유파나 문학 유파를 막론하고 두루 확인되는 현상이라고 해야 마땅하지만, 범위를 좀더 좁혀 생각해 본다면 그런 면모는 특히 '철리시'(哲理詩)에서 강렬하게 구현되고 있다고 말할 수 있다. '철리시'란 주자학을 중심으로 하는 신유학(新儒學)[10]의 도학적 이념을

---

10 여기에는 주자학 외에 양명학도 포함될 수 있다. 하지만 조선에서 양명학은 주자학과 대비될 만한 정도의 위세와 영향력을 갖지 못하였다.

구현한 시들을 일컫는 말인데, 대개 퍽 사변적이고 이념적인 성향을 띠고 있다. 이런 종류의 시는 퇴계(退溪) 이황(李滉, 1501~1570)이나 율곡(栗谷) 이이(李珥, 1536~1584), 화담(花潭) 서경덕(徐敬德, 1489~1546), 남명(南冥) 조식(曺植, 1501~1572), 우암(尤庵) 송시열(宋時烈, 1607~1689) 같은 도학자나 산림학자의 시에서 많이 볼 수 있다. '철학시'(哲學詩) 혹은 '형이상학시'(形而上學詩)라고 불러도 좋을 이런 종류의 시가 조선시의 주요한 한 부분을 구성하고 있다는 사실은, 그 문예성에 대한 가치 평가와는 별도로 특기할 만한 점이다.

한시 가운데에는 '서사'(敍事)도 있지만 그 본령은 역시 '서정'(抒情)이라고 할 수 있을 것이다. 하지만 이 서정은 기본적으로 **사대부의** 서정이라는 사실에 유의하지 않으면 안 된다. 바로 이 점에서 공자가 말한 (1)과 (3)에 보이는 '일으키다'라는 말에 다시 주목할 필요가 있다. '일으키다'라는 이 단어는 유자(儒者) 내지 사대부가 지향해야 할 어떤 심성, 즉 '마음'과 관련되는 말인바, 내면적(內面的)이고 심미적(審美的)이며 감응적(感應的)인 내함(內含)을 갖는다. 비록 간략한 언급들이긴 하지만 한시의 효용 내지 성격과 관련한 공자의 언급들은 모두 후대에 이르러 유교 시학의 가장 중요한 준거들이 되고 있다고 보이는데, 그 중 서정시로서의 한시가 갖는 본질을 유교적 관점에서 지적한 것이 바로 이 '일으키다'라는 단어이다.

'일으키다'라는 말은 목적어를 수반하는 말이다. 그렇다면, 시학적으로 볼 때 '일으키다'는 **무엇을** 일으킨다는 것일까? '마음' 혹은 '의념'(意念)일 것이다. 그런데 마음은 스스로 일어나는 법이 없다. 마음이 일어나기 위해서는 반드시 '사물'의 개입이 있어야 한다. 이 '사물'을 전통적인 용어로는 '외물'(外物)이라고 하는데, 한 글자로는 그냥 '물'(物)이라고도 한다. 외물의 작용에 따라 마음은 움직이고 흥기(興起)하게 된다. 바로 이 지점에서 '물(物)/아(我)'의 관계가 시학적으로 문제시된다. '아'(我)는 서정자아를 말하는데, 대개의 서정시에서 서정자아는 시인 자신과 합치되게 마련이다. 이런 종류의 한시로는 경물시(景物詩), 산수시(山水詩), 영회시(詠懷詩) 같은 것을 대표적인 것으로 꼽을 수 있을 터이다. 이런 시들은, 어떤 것은 외물(=밖) 쪽에 치중하고 어떤 것은 심회(心懷=안) 쪽에 치중하는 등의 차이가 있긴 하나, 외물로 인해 촉발된 시인의 마음을 읊고 있다는 점에서는 공통적이다.

한편 마음과 외물의 관계에 따라 어떤 서정자아는 무아지경(無我之境)을 보여주고, 어떤 서정자아는 유아지경(有我之境)을 보여준다. 이 중 무아지경을 보여주는 한시는 이른바 물아일체의 경지를 시학적으로 구현하고 있다고 할 만하다. 이런 시는 자연과 인간, 사물과 인간의 관계에서 높은 정신적 경지와 흥취를 담아내고 있는 경우가 많다. 그렇다고 해서 무아지경의 한시가 유아지경의 한시보다 꼭 가치론적으로 우월한 것은 아니다. 유아지경인가 무아지경인가 하는 것이 시적 성취의 우열을 판가름하는 것은 아니기 때문이다. 유아지경의 한시는 서정자아와 세계 사이에 존재하는 부조화와 간극을 절절히 드러내는 장점이 있다. 그런데 유아지경의 한시든 무아지경의 한시든 '우흥촉물'(寓興觸物)을 그 시학적 원리로 삼고 있다는 점에서는 아무런 차이가 없다.

우흥촉물이라든가 유아지경이나 무아지경이 반드시 유교하고만 관련을 맺는 것은 아니다. 그것은 불교나 도가(道家) 사상과도 관련을 맺을 수 있다. 하지만 유교의 테두리 안에 있는 한시들이 우흥촉물의 원리에 따라 창작되고 있다는 점, 그리고 그런 시들의 서정자아가 유아지경이나 무아지경의 개념으로 잘 설명될 수 있다는 점은 분명하다. 유아지경의 한시가 유자(儒者)가 세상에 대해 느끼는 불평과 분만(憤懣)의 감정을 표출하는 데 특히 유용하다면, 무아지경의 한시는 유자가 지향하는 이상적 미의식과 정서적 지향을 구현하는 데 특히 유용하다. 이 점에서 이 둘은 유자 내지 사대부의 두 가지 내면적 요구를 상보적(相補的)으로 구현하고 있다고 할 만하다.

하지만 이러한 지적은 온유돈후(溫柔敦厚)라는 저 또 다른 유교적 시학 원리와 연관되어 고찰되지 않는 한 여전히 추상적일 수밖에 없다. '온유돈후'는 『예기』(禮記) 「경해」(經解)편의 다음 말에서 유래한다.

그 나라에 들어가면 그 가르침을 알 수 있다. 그 사람됨이 온유돈후한 것은 시(詩)의 가르침 때문이다. (…) 그러므로 시의 병폐는 어리석음에 있다. (…) 그 사람됨이 온유돈후하면서 어리석지 않다면 시에 깊

은 자이다.[11]

여기서 '온유돈후'란 온화함〔溫〕, 부드러움〔柔〕, 돈독함〔敦〕, 두
터움〔厚〕, 이 넷을 일컫는 말이다. 온유돈후에 위배되거나 어긋나
는 것으로는 거침, 야단스러움, 천박함, 노골적임, 날카로움, 각
박함 등을 꼽을 수 있을 것이다. 온유돈후의 시학 원리는, 시인
스스로가 의식했든 의식하지 못했든 간에, 조선시대의 한시를 규
정지은 가장 주요한 강령(綱領)이었다고 생각된다. 조선시대의 모
든 유자들과 식자(識者)들은 교육과 독서와 사회적 훈육 과정 전
체를 통해 이 강령을 내면화하였던 것으로 보인다. 이 때문에, 슬
픔을 읊든, 분노의 감정이나 불평의 감정을 읊든, 세상에 대한 비
판과 폭로를 하든, 절망과 비탄과 원망을 노래하든, 그것은 어떤
한도가 있지 않으면 안 되었다. 그 레드라인은 최고의 권위를 인
정받는 유교 경전에 의해, 그리고 국가와 사회에 의해 제시되거
나 통제되고 있었지만, 동시에 유자들 개개인에 의해 자발적으로
지켜지고 있었다고 판단된다. 스스로 정당한 것으로서 내면화된
이 시학 원리 때문에 시인들은 기쁨을 노래하더라도 너무 격렬해
서는 안 되고, 슬픔을 노래하더라도 너무 슬퍼서는 안 되며,[12] 세

---

11 "入其國, 其敎可知也. 其爲人也, 溫柔敦厚, 詩敎也. (…) 故詩之失愚. (…) 其爲人也, 溫柔
敦厚而不愚, 則深於詩者也."
12 이른바 "樂而不淫, 哀而不傷"이 그것이다. 이 말도 『논어』에 나오는 공자의 말이다. 『논
어』「팔일」(八佾) 참조.

상을 원망하더라도 지나치게 원망해서는 안 되고, 무엇을 비판하더라도 너무 예리하게 해서는 안 되며, 세상을 비꼬거나 조롱하더라도 너무 혹독해서는 안 되고 절도를 지켜야만 했다. 감정의 표현과 관련해 사회적인 자기통제 내지 자기검열이 시인의 '내부'에서 이루어진 셈이다.

주목해야 할 점은 이러한 자기통제 내지 자기검열이 비단 표현의 강도만이 아니라 상상력과 감수성의 범위와 깊이에까지 심대한 영향을 미친 것으로 판단된다는 사실이다. 다시 말해, 시적 상상력과 감수성을 비롯해 시의 소재, 제재, 주제 등등이 직접 혹은 간접적으로 온유돈후라는 이 시학 원리에 의해 규정되고 있는 것처럼 보인다는 점이다. 요컨대 온유돈후라는 시학 원리는 거시적인 견지에서 한시의 바운더리랄까 한시의 게임룰이랄까 그런 것을 획정해 놓고 있다고 생각된다. 당대인들은 그 누구도 이 바운더리가 어떤 것인지 정확히 알지 못했을 터이지만 그럼에도 이 바운더리는 부단히 의식되고, 재생산되고, 재구축되었다. 그리하여 아무리 개성적이고 창의적인 시인이라 할지라도 대개는 이 바운더리 내부에 있었으며, 그 경계를 자각하면서 그 너머의 세계를 꿈꾸거나 훌쩍 월경(越境)을, 즉 '경계 넘어서기'를 감행한 사람은 좀처럼 없었다. 바로 이 점에서 온유돈후의 시학 원리는 유교의 자장(磁場) 속에 있던 한시의 장르적 **경계**를 적어도 거시적인 견지에서는 대단히 잘 드러내고 있다고 할 만하다. 그러므로 경계 **밖**을 사유(思惟)함은 경계 **안**에 대한 사유를 심화시켜 줌과 동시에 유교의 자장 속에서 창작된 한시들의 장르적 특성과 한계를 좀더 뚜렷이 정시(呈示)해 준다.

  2. 그러니 이제 이 '경계'의 안팎을 살피면서 유교의 자장 속에서 창작된 한시의 장르론적 특성과 그 한계에 대해 좀더 집중적인 고찰을 해 보기로 하자.

  온유돈후의 시학 원리에 힘입어 한시는 함축성, 절제미, 담박함, 온화함 등의 미감을 고도로 발전시켜 나갈 수 있었다. 더구나 조선은 심성 수양을 강조하는 주자학의 나라였던 만큼, 그 한시는 일반적으로 담박미(澹泊美)와 절제미(節制美), 온유미(溫柔美) 등의 미의식을 숭상하는 방향으로 나아갔다. 그렇지만 이는 동시에 한시 장르의 감수성과 상상력을 제약하면서 시인들로 하여금 어떤 '틀'을 벗어나지 못한 채 그 틀 내부에서 창작하도록 추동하는 역기능을 초래했다고 할 수 있다. 그러므로 비록 시풍(詩風)이라든가 격조(格調)라든가 기상(氣像)이라든가 언어 운용이라든가 표현법 등에 있어 시인들마다 혹은 각 시기마다 나타나는 차이에도 불구하고, 그것들은 적어도 장르론적 견지에서는 큰 의미를 갖기 어렵다. 어떤 틀 속에서의 차이일 뿐 틀 그 자체를 벗어나는 것은 못 되기 때문이다. 조선시대에 쏟아져 나온 허다한 문집들 속의 시가 대체로 천편일률적이라는 느낌을 주는 것도 이 점과 무관하지 않다.

물론 온유돈후 속에서도 조선 한시는 그 나름대로 소재와 주제를 확대하거나 작법(作法: 창작방법)을 갱신하면서 발전해 온 면이 없지 않다. 그렇긴 하지만 그 발전에는 한계가 뚜렷하며, 장르의 내적 구획선을 허물어뜨리거나 그것을 확장하면서 재구축하려는 혁신적인 기도(企圖)들은 좀처럼 나타나지 않았다고 여겨진다. 그 결과, 조선의 한시들이 비록 내면성 내지 정신성이 있다고는 하나, 사람을 질리게 할 정도의 깊은 내면성과 철저한 자기응시, 깊은 자기반성과 참회의 시편들을 발견하기는 어렵다. 또한 마치 절망의 끝을 더듬는 듯한 느낌이 들게 만드는 깊고 깊은 절망의 노래라든가, 비수처럼 날카로운 풍자 시편들이라든가, 세상을 향해 쏟아내는 뜨거운 정념(情念)의 노래 같은 것도 발견하기 쉽지 않다. 뿐만 아니라 솔직하거나 감미로운 사랑의 감정을 노래한 제대로 된 사랑의 노래 같은 것도 별로 눈에 띄지 않는다. 이렇게 본다면, 조선 한시들은 '안'을 향해서든 '밖'을 향해서든 **처절함**이 다소 부족하거나 결여되어 있다고 말할 수 있을지 모른다. 달리 말해 그것은 시적 파토스의 부족이다. 이 점은 단지 한시의 압축적인 형식 때문에 초래된 것이라고만 말할 것은 아니다. 온유돈후의 원리라든가 조선의 문화적·사상적 분위기라든가 조선 사대부의 문화의식과 분명히 어떤 관련이 있다고 보아야 할 것이다.

　하지만 조선시대에 한시의 일반적인 틀을 벗어나면서 장르의 내적 구획선을 허물든가 확대하고자 시도한 시인들이 전연 없었던 것은 아니다. 앞에서 잠시 거론했던 권필의 풍자시,[13] 역관(譯官) 이언진(李彦瑱, 1740~1766)이 『호동거실』(衚衕居室)[14]의 6언시 형식을 통해 유교적 미의식을 넘어서고자 했던 시도, 이옥(李鈺, 1760~1812)이 『이언』(俚諺)에서 보여준 바 있는 여성에 대한 세태적 묘사,[15] 담정(藫庭) 김려(金鑢, 1766~1821)의 『사유악부』(思牖樂府)가 보여주는 격렬한 감정표현과 애정토로 같은 것을 그런 예로 꼽을 수 있다. 물론 조선 사회에서 이런 시는 예외적인 것에 불과하였지만, 그럼에도 이러한 예외들은 대단히 소중하다. 비주류와 예외를 통해 주류와 '예내'(例內)에 대한 더 깊은 이해와 통찰을 얻을 수 있기 때문이다.

한편, 위에 거론한 세 사람과는 전연 다른 위치와 방향에서 기존 한시의 틀을 허문 시인으로 김병연(金炳淵, 1807~1863), 즉 김삿갓이 주목된다. 그가 창작한 희작시(戲作詩)들은 한시의 해체에 다름 아니다. 그는 한시의 형식과 표현법은 물론 그 격조와 기풍까지도 희화화(戲畵化)시켜 버리고 있다고 생각된다. 이 점에서

---

13 권필의 풍자시는 원래 지금 전하는 것보다 좀더 많았으리라 추정된다. 문집이 편찬되는 과정에 일종의 검열이 작용해 그런 시들은 대부분 탈락된 것으로 보인다.

14 『호동거실』(衚衕居室)은 '동호거실'(衕衚居室)로 잘못 일컬어지고 있으나 '호동거실'이 맞다. 이언진의 시집을 낼 때 시 제목을 잘못 판각한 것으로 보이는데, 이 오류가 시정되지 않고 지금까지도 그대로 답습되고 있다.

15 하지만 이옥 시들의 문학적 의의가 과장되어서는 곤란하다. 그것은 조선 풍토에서는 비록 새로운 것이기는 해도 세태적으로 여성을 그리고 있을 뿐 그다지 깊이가 있는 것은 아니다. 남을 따라 무조건 찬탄만 늘어놓는 것이 능사가 아닌바 이런 점을 냉철하게 직시할 필요가 있다.

본다면 조선 왕조 전체를 통틀어 한시에 대한 최대의 장르론적 도전은 김병연에 의해 감행되었다고 말해도 좋을 것이다. 다만, 김병연이 시도한 희작시들은 한시 소멸의 징후를 강하게 드러내 보여주는 것이기는 해도 건설적인 방향에서 한시의 장르론적 확장을 모색한 것은 아니라는 점에 유의할 필요가 있다. 다시 말해 그것은 기존의 틀을 허무는 데 관심을 두었을 뿐, 새로운 틀의 생성에는 관심을 보이지 못했다.[16]

유교적 자장 속에서 창작된 한시들의 경계를 살피는 데는 비유교적 지향의 한시들을 일별하는 것이 도움이 되며, 마찬가지 이유에서 주자학적 자장 속에 있는 시를 살피는 데는 비주자학적 지향의 시를 일별하는 게 도움이 된다. 가령 신선세계에 대한 동경을 표현하고 있는 유선시(遊仙詩) 같은 것은 도가(道家)에 그 사상적 연원을 두고 있는데, 이런 시가 보여주는 낭만적 분방함이라든가 상상력의 자유로움은 유교적 자장 속에서 창작된 한시들에서는 좀처럼 발견하기 어렵다. 한편 불교와 양명학에 바탕을 두고 있는 이언진의 『호동거실』은 '나'의 주체성에 대한 유별난 통찰을 보여주고 있는데, 신분이나 지식으로부터 해방된 개아(個我)의 자유와 그 실존적 존재감에 대한 이런 종류의 성찰은 주자학의 자장 속에서 창작된 한시들에서는 발견되지 않는다.

---

16 김병연의 희작시에 대해서는 임형택, 「이조 말(末) 지식인의 분화와 문학의 희작화 경향」(『실사구시의 한국학』, 창작과비평사, 2000) 참조.

그렇다면 혹 조선시대에 반(反)유교적 지향의 한시는 창작되지 않았을까? 방법적으로 이런 질문을 한번 던져 봄직하다. 아마도 그런 시는 있을 것 같지 않다. 불교나 도가에 바탕을 둔 시라 할지라도 그것은 유교에 대한 안티테제로서 창작되었다기보다 유교와 공존하면서 그것을 보완하는 성격이 강하다고 할 수 있기 때문이다. 이렇게 본다면 조선시대의 한시는 직접·간접적으로 유교, 특히 주자학이라는 주류 사상에 의해 규정되는 면이 너무도 강하다고 할 수밖에 없다. 그러므로 거시적으로 본다면 그 특점과 한계가 모두 그로부터 유래한다고 말할 수 있을 터이다.

3
유교와 한문산문

1. 한문산문 장르는 그 용처(用處)에 따라 두 가지로 대별된다. 하나는 공적인 필요에 따라 지어진 것이고, 다른 하나는 사적(私的) 필요에 부응한 글이다.

공적인 성격을 갖는 산문 장르로는 표전(表箋), 주의(奏議), 사전(史傳) 같은 것이 대표적이다. 이들 장르는 외교나 내치(內治)와 관련되든지 국가적 인물에 대한 공식적 기억과 관련된다. 통치의 필요성과 연관되어 있는 이들 장르는 철저히 유교적 이념에 뿌리를 두고 있다. 특히 주의(奏議)는 시사(時事)와 관련하여 군주에게 간언(諫言)하는 글이기에 충성스러움과 꼿꼿함이 각별히 요구된다. 요컨대 이 장르는 유교의 가장 주요한 덕목의 하나인 '충군'(忠君) 위에 성립되고 있다. 이 장르는 종종 목숨을 초개처럼 여기며 용감하게 불의를 비판하거나 현실의 잘못된 점을 군주에게 낱낱이 고할 것을 요구한다는 점에서, 유교적 이념으로 무장한 사대부 본연의 기개 있고 매서운 면모를 유감없이 드러내 보여준다.

주의를 잘 쓴 조선시대의 대표적 인물로는 중봉(重峰) 조헌(趙

憲, 1544~1592)과 면암(勉庵) 최익현(崔益鉉, 1833~1906) 등이 있는데, 이들이 쓴 주의에는 조선 사대부의 준엄한 기상과 열렬한 태도가 잘 드러나 있다. 시기에 따라 다소의 차이가 있기는 해도 조선시대에는 전반적으로 신권(臣權)이 강했다. 그것은 조선이 주자학을 국시(國是)로 삼은 점과 연관된다. 주자학은 유교의 유파 중에서도 특히나 신권을 강조했던바, 신권을 통한 군주권의 견제 위에서 국가가 운영되어야 한다는 이념을 견지했기 때문이다. 특히 사림파가 득세한 16세기 말 이후, 그리고 서인(西人)이 득세한 인조반정 이후, 신권은 더욱 강화되어 갔다. 효종조 이래 '산림'(山林)이 정치를 좌지우지하게 된 현실은 이 점과 무관하지 않다. 주목해야 할 점은, 주의라는 장르는 이런 조선적 정치 현실, 혹은 이런 조선적 정치 전통을 특수하게 반영하고 있다는 사실이다. 그러므로 주의는 비록 중국에서 창안된 장르이기는 하나 조선 사대부를 통해 그 본령이 특히 잘 발휘되었다 이를 만하다.

공적인 성격을 갖는 이런 장르들과 달리 사대부의 사적 생활의 필요에 의거하고 있는 일련의 장르들이 있으니, 대표적인 것을 몇 개 들어 본다면 기(記), 서(序), 서(書), 전(傳), 행장(行狀), 비문(碑文), 묘지명(墓誌銘), 제문(祭文), 문대(問對), 명(銘), 잠(箴), 제발(題跋) 등등이다.[1] 이제 이들 사적(私的) 장르가 사대부의 생활관습 내지 문화의식과 어떻게 관련되는지를 검토해 보자.

'기'(記)는 기록한다는 데서 온 장르 명칭이다. '기'에는 다시 몇 개의 하위장르가 있다. 화기(畵記), 누정기(樓亭記), 산수유기(山

水遊記), 인물기사(人物記事) 등이 그것이다. 이들은 모두 어떤 사실을 기록한 것이라는 점에서는 같으나, 그 규범적 관습은 같지 않다. '화기'는 그림 내용에 대한 기록이요, '누정기'는 누각이나 정자의 조성 경위를 서술한 글이요, '산수유기'는 산수에 노닌 일을 기록한 글이요, '인물기사'는 어떤 인물과 관련된 일을 서술한 글이다. 이들 장르는 모두 사대부의 생활과 밀접한 관련을 맺고 있다. 화기가 그림에 대한 사대부의 취미와 관련하여 형성·발전될 수 있었다면, 누정기는 사대부의 생활공간인 누정(樓亭)의 발달로 인해 활발하게 창작될 수 있었고, 산수유기는 사대부의 산수유람 문화와 관련되어 있으며, 인물기사는 사대부들이 생활 주변의 특이한 인물들에 관심을 가진 결과 창작되었다. 이 중 누정기와 산수유기는 장르의 발생론적 기저(基底)에 유교 이념이 강하게 작용하고 있다는 점에서 특히 주목을 요한다.

한국의 누정들은 대개 좋은 자연 경관 속에 자리하고 있다. 이 누정에서 사대부들은 경치를 즐기면서 시를 수창(酬唱)하거나 고상한 한담을 주고받았으며, 글씨를 쓰거나 그림을 감상하기도 하고, 음악을 듣기도 하였다. 말하자면 누정은 문학과 예술과 풍류의 현장이었던 셈이다. 조선의 경향(京鄕) 각지에 물 좋고 경치 좋

---

1 이 중 행장(行狀)과 비문(碑文)은 공적 장르와 사적 장르를 넘나들기도 한다. 가령 박지원이 정조(正祖)의 분부에 따라 작성한 이덕무의 행장은 사가(私家)의 일반 행장과 달리 공적 장르로서의 성격을 갖는다. 또한 당상관(堂上官) 이상의 묘비인 신도비(神道碑)의 비문도 일반 묘비문과 달리 공적 장르에 해당한다 할 수 있다.

은 곳치고 누정이 없었던 곳은 없었다. 이들 누정은 관(官)에서 조성하거나 관리하는 경우도 없지 않았으나 대개는 사적으로 조성되었다. 특히 향촌의 경우 누정은 사대부들이 교유하면서 결속을 다지는 공간으로서 사대부 문화의 중심이었다. 현재 전하는 조선시대의 문집들을 펼쳐 보면 누구 문집인가를 막론하고 대개 여러 편의 누정기들이 수록되어 있음을 확인할 수 있다. 이처럼 누정기는 자연 속에서 심성을 도야하고 풍류를 즐겨야 한다는 생각을 가졌던 조선 사대부의 유교 미학이 담지된 장르라고 말할 수 있다.

산수유기 역시 유자의 자연철학과 밀접한 관련을 맺고 있다. 유자들은 산수에 노니는 것을 통해 호연지기(浩然之氣)를 기르고 심성을 닦을 수 있다고 보았다. 특히 조선 후기에 이르러 금강산을 비롯한 각처에서 자국 산수의 아름다움을 재발견하게 됨에 따라 수많은 산수유기들이 쏟아져 나왔다.[2] 조선 후기에 산수유기가 많이 창작된 이유는 그리 단순하지 않다. 명대 이래 중국에서 산수유기가 많이 창작되었고 여러 방대한 선집(選集)들이 편찬되었다는 점, 그리고 명말 청초의 인물인 원굉도(袁宏道)나 왕사임(王思任)의 소품체(小品體) 산수유기가 18세기 조선에서 각광을 받았다는 점 등의 외래적 요인과 함께, 숭명배청(崇明排淸)의 이념을

---

2 산수유기의 창작이 조선 후기에 대단히 성행했다는 말이지 조선 후기 이전에는 창작되지 않았다는 말이 아니다. 산수유기는 조선 전기에도 꾸준히 창작되었으며, 일찍이 고려시대에도 창작되었다. 이 점에 대해서는 박희병, 「한국산수기 연구」(『고전문학연구』 8, 1993) 참조.

견지한 조선 사대부들이 중국을 오랑캐의 나라가 되어 버렸다고 하여 멸시하게 되면서 자국의 산수를 적극적으로 긍정할 수 있게 되었다는 점, 그리고 안석경(安錫儆, 1718~1774) 등의 재야 선비에게서 확인되듯 여진족의 중국 지배에 대한 반감 때문에 벼슬을 포기하고 울적한 마음을 산수유람으로 달래면서 산수유기를 창작하기도 했다는 점, 그리고 김창협(金昌協, 1651~1708) 등과 같이 정치 현실에 대한 환멸 때문에 벼슬길에 나가지 않고 산수를 유람하며 일생을 보낸 무리가 생겨나면서 이들에 의해 산수유기가 활발하게 창작되기도 했다는 점 등의 내적 요인에 대해서도 주목할 필요가 있다. 이처럼 조선 후기에 산수유기의 창작이 성행하게 된 요인은 상당히 복합적이지만, 그럼에도 기본적으로 산수유기는 일찍이 공자가 말했던 '요산요수'(樂山樂水)[3]의 정신에 바탕을 두고 있음이 분명하다.

조선시대의 문집들에는 기(記)뿐만 아니라 '서'(序)라는 장르 또한 아주 많이 보인다. 서(序) 역시 몇 가지 하위장르가 있는데, 그중 두 가지가 특히 주목된다. 하나는 책(冊)이나 첩(帖)의 서문에 해당하는 것이요, 다른 하나는 누구를 떠나보내면서 써 준 것이다. 후자는 '송서'(送序)나 '증서'(贈序)라고도 부른다. 유자는 원래 지식의 축적을 중요시한다. 공자 이래 그러하였다. 많은 책을 읽어 전고(典故)를 꿰뚫고 있어야 하고, 책을 통해 교양을 쌓고 인격

---

3 공자는 『논어』 「옹야」(雍也)에서 "知者樂水, 仁者樂山"이라고 말한 바 있다.

을 수양해야 했다. 그런 점에서 유자의 본령은 독서에 있다. 사(士)를 독서인(讀書人)이라고 부르기도 하는 이유가 여기에 있다. 서문으로서의 서(序)는 유자의 이런 현실을 반영하는 장르라고 할 수 있다. 한편 유자들은 '증언'(贈言)이라 하여 이별하는 사람에게 좋은 말을 해 주는 것을 아름다운 일로 간주하는 전통이 있었으니, 송서가 바로 이런 전통을 잘 구현하고 있다.

'서'(書)는 편지를 말한다. 편지는 동서고금을 막론하고 있었고, 이념과 관계없이 존재한 장르라고 하겠지만, 현재 전하는 조선시대의 편지들은 유교와 관련을 맺고 있는 경우가 많아 특별히 주목을 요한다. 편지와 유교의 관련을 가장 극명하게 보여주는 사례로는 사단칠정(四端七情) 문제와 관련하여 이황과 기대승(奇大升, 1527~1572)이 주고받은 편지들을 들 수 있다. 이들 편지는 퍽 논쟁적이고 학리적(學理的)이어서 조선 주자학자들의 이론지향적 면모를 잘 보여준다. 이황의 문집에는 엄청난 양의 편지들이 수록되어 있는데 거의 전부가 주자학과 관련된 것들이다. 흥미로운 것은, 이들 편지 중에는 따로 별지(別紙)를 첨부하여 더욱 세밀하고 집중적으로 시비를 따지면서 자신의 생각을 개진하고 있는 것들도 적지 않다는 사실이다. 이황만이 그랬던 것이 아니라, 조선시대 도학자들의 문집을 보면 이런 성격의 편지가 흔히 발견된다.

조선 후기에 오면 격식을 갖추어 쓴 긴 편지와 문예성을 발휘하여 비교적 자유롭게 쓴 짧은 편지를 장르적으로 구분하려는 의식이 나타난다. 이런 경우 전자를 '서'(書)라 하고, 후자를 '척독'

(尺牘)이라 한다. 중국에서는 명말 청초에 소품체(小品體) 산문이 유행하면서부터 척독이 문예적으로 새롭게 주목받기 시작했는데, 이런 중국의 영향을 받아 조선에서도 17세기 초 이래 척독이 등장하였다.[4] 조선 사대부 가운데 척독을 잘 쓴 인물로는 추사(秋史) 김정희(金正喜, 1786~1856)와 연암 박지원(1737~1805)이 있다. 김정희는 그의 척독만 따로 엮은 선집이 전할 정도로 척독을 잘 쓴 것으로 이름이 높았으며, 박지원은 김정희만큼 많은 척독을 남기지는 않았지만 문예성의 면에서는 박지원의 척독이 김정희의 것을 능가한다. 척독과 유교 사상 사이에 어떤 원리적(原理的) 관련은 없다고 여겨지지만, 척독을 남긴 문인들은 대개 유자였다. 척독은 선비의 이런저런 면모와 취향을 잘 보여준다는 점에서 적어도 생활적 차원에서는 척독과 유교의 관련이 없다고 말하기 어렵다.

'전'(傳)은 어떤 인물을 후세에 전하기 위해 그 생애와 인간적 본질, 업적 등을 압축적으로 서술하는 장르다. '전'은 공식적 장르인 사전(史傳)으로부터 파생되었다. 원래 '사전'은 사관(史官)만이 쓸 수 있었으며, 일반인들에게는 쓰는 것이 허용되지 않았다. 특정 인물에 대한 공식적인 국가 기록으로서의 성격을 갖기 때문이었다. '전'은 비록 '사전'(史傳)에서 파생되어 나왔지만, 일반 문인들이 자유롭게 창작할 수 있었다. 전에는 다시 몇 개의 하위장

---

4 허균(許筠, 1569~1618)이 이런 척독을 남긴 최초의 인물이다.

르가 존재하는데, 가전(假傳), 탁전(托傳), 사전(私傳)이 그것이다.

'가전'은 원래 당(唐)나라 문인 한유(韓愈)가 창안한 장르로서, 대개 사대부의 문필생활에 필요한 도구라든가 사대부 생활 주변의 사물을 의인화하여 그 생애를 서술한 글이다. 우리나라에서는 고려 후기에 처음 등장했으며, 조선시대에도 꾸준히 창작되었다. 그리하여 18세기 말에서 19세기 초 사이에 활동한 이옥(李鈺) 같은 문인은 담배를 의인화한 가전을 남기고 있다. 가전은 그 장르 자체가 희작정신(戱作精神)의 소산이다. 사대부에게는 근엄함과 체통이 요구되었으며, 그 글쓰기의 본령은 '거사직서'(據事直書), 즉 사실을 기록함에 있었다. 그러므로 허황되거나 웃기는 이야기들은 삼가지 않으면 안 되었다. 하지만 사대부라고 해서 늘 근엄함과 긴장을 유지한 채 살 수 있겠는가. 때때로 골계도 일삼고 농담이나 우스갯소리도 해야 심신의 균형과 건강을 유지할 수 있었을 터이다. 유자적(儒者的) 문인의 이런 필요에 부응하는 장르의 하나가 바로 가전이었다. '가전'(假傳)의 '가'(假) 자가 잘 말해 주듯, 가전은 '가짜 전' 혹은 '허구적 전'이다. 가짜나 허구 따위는 사대부가 혐오하고 기피하는 대상이지만, 사대부 문필생활의 필요에 따라 이런 장르가 계속 명맥을 이어갈 수 있었던 것이다.

중국에서도 가전은 당(唐)·송(宋)대만이 아니라 명(明)·청(淸)대에 와서도 창작되었다. 입전(立傳) 대상은 식물이나 동물, 문방사우(文房四友)가 주를 이룬다. 이 점에서 중국 가전과 한국 가전은 별 차이가 없다. 하지만 주목해야 할 점은, 중국과는 달리 한국에서는 '마음'을 의인화한 가전, 즉 '심성(心性) 가전'이 창작되었다는 사실이다. 한중일(韓中日) 동아시아 3국을 통틀어 심성을 의인화한 가전이 창작된 나라는 한국밖에 없다. 심성 가전을 최초로 창작한 사람은 김우옹(金宇顒, 1540~1603)이다. 그는 스승인 저명한 철학자 조식(曺植)의 분부에 따라, 스승이 완성한 「신명사도」(神明舍圖)라는 도상(圖像)을 문학적으로 알기 쉽게 풀이하기 위해이 작품을 썼다. 「신명사도」란 '마음'의 여러 층위와 작용을 집에 빗대어 표현한 도상인바, 이 점에서 이 도상의 의미를 문학적 비유를 통해 풀이하고자 한 김우옹의 시도는 주자학적 심성론의 '문학화'라 이를 만하다.

그런데 왜 유독 한국에서만 심성 가전이 창작될 수 있었을까? 그것은 한국의 사상적·문화적 풍토와 관련이 있다. 주지하다시피 조선 왕조는 주자학이라는 교의(敎義)를 이념적 근간으로 삼았으며, 조선 왕조가 망할 때까지 5백 년 동안 이 점은 바뀌지 않았다. 특히 김우옹의 시대인 16세기 후반은 조선 사대부들이 주자학의 심성론을 심화하고 확장하면서 조선화해 나간 시기였다. 김우옹의 심성 가전 「천군전」(天君傳, '천군'은 마음을 뜻하는 말)은 이런 배경 속에서 창작될 수 있었다. 그러므로 이 작품은 주자학적 교양을 체질화한 조선 사대부의 문화의식이 없었다면 탄생될 수 없었던 작품이다. 흥미로운 점은, 17세기 중엽에 황중윤(黃中允, 1557~1648)이라는 작가가 「천군전」의 전통을 계승하고 발전시켜 '마음'을 주인공으로 설정한 의인체 소설인 『천군기』(天君紀)를 창작하기에 이른다는 사실이다.[5] 『천군기』는 「천군전」보다 그 분량이 수십 배나 많으며, 서사(敍事)가 드라마틱하고 흥미진진하게 확장되어 있다. 동아시아 문학사, 아니 세계문학사에서 이런 작품은 달리 유례를 찾기 어렵다. 이 점에서 이 작품은 조선 유교의, 그리고 조선 사대부의 의미 있는 성취라 할 것이다. 『천군기』는 그 뒤를 잇는 작품들에 큰 영향을 미쳤다. 황중윤보다 두 세대쯤 뒤의 인물인 정태제(鄭泰齊, 1612~1669)는 『천군기』에 약간의 첨삭을 가해 『천군연의』(天君演義)를 만들었으며, 19세기 전반기에는 『천군본기』(天君本紀)와 『천군실록』(天君實錄)이 각각 창작되었다. 이처럼 조선의 주자학적 전통에 힘입어 16세기 후반에 심성 가전이 성립되고, 17세기 중엽에는 심성 가전을 발전시킨 천군소설이 탄생될 수 있었던 것이다.

탁전(托傳)은 '가탁한 전'이라는 뜻으로, 어떤 인물에 가탁하는 방식으로 주제를 전달하는 전이다. 탁전에는 다시 두 가지 종류가 있다. 하나는 제3의 인물에 가탁하여 주제를 표현하는 전이고, 다른 하나는 얼핏 보면 제3의 인물 같지만 실제로는 작자 자

---

5 현재 황중윤의 『천군기』에는 세 개의 텍스트가 전한다. 『천군기』1, 『천군기』2, 『천군기』3이 그것이다. 황중윤은 처음에 『천군기』1을 썼다가, 좀더 자세한 『천군기』2를 썼으며, 그에 만족하지 않고 다시 『천군기』3을 썼다. 그러므로 『천군기』3이 완성본이라 할 수 있다. 『천군기』1, 2와 달리 『천군기』3은 장회본(章回本)이다. 『천군기』의 세 가지 텍스트에 대한 논의 및 동아시아 가전의 전통 속에서 『천군기』가 탄생하게 되는 과정에 대한 논의는 김수영, 「동아시아 의인체 산문의 전통과 천군소설(天君小說)」, 『제4회 한국학 연구를 위한 대학원생 국제 교환 프로그램 자료집』(서울대 국어국문학과, 2007. 12. 6), 24, 25~26면 참조.

신에 대해 말하고 있는 전이다. 후자는 자전(自傳)이라고도 할 수 있다. 이 두 종류의 탁전 중 우리나라에서 많이 창작된 것은 후자 쪽이다. 고려 후기 이규보의 「백운거사전」(白雲居士傳)이나 최해(崔瀣, 1287~1340)의 「예산은자전」(猊山隱者傳), 18세기 후반에 이덕무(李德懋, 1741~1793)가 쓴 「간서치전」(看書痴傳)이 모두 그런 작품들이다. 여기서 하나의 의문이 떠오른다. 왜 이들 작가는 자기 이야기를 하면서 굳이 남의 이야기를 하듯 3인칭을 쓴 걸까? 이는 유교의 문화적 관행 혹은 유교의 글쓰기 관습과 관련이 있는바, 유교의 문화적 관행에서는 자전적 글쓰기가 잘 허용되지 않았던 데 기인한다. 시에서는 자기 자신에 대해 말하는 것이 허용되었지만,[6] 적어도 산문에서는 자기 스스로 자신의 일생이나 인간적 본질, 미덕 등에 대해 말하는 것이 꽤 이상한 일로 간주되었던 것이다. 특히 자신의 전(傳)을 직접 쓰는 일은 문화적 관습으로든 글쓰기의 관습으로든 일반적으로 용납되지 않는 일이었다. 전이란 제3자가 써야 하며, 그래야 객관성과 공정성이 담보된다고 생각했음으로써다. 바로 이런 이유에서 자전을 쓰면서도 마치 제3자의 이야기를 쓰는 것처럼 쓸 수밖에 없었던 것이다. '자전적 탁전'이 보여주는 이런 면모는 스스로에 대한 평가는 후인이 해야지 자기가 해서는 안 된다는 유교적 의식을 반영하고 있다고 판단된다. 말하자면 유교적 자아관(自我觀)이 작용하고 있는 셈이다.

---

6 자술시(自述詩) 같은 것이 그러하다.

사전(私傳)은 사사로이 쓴 인물전(人物傳)이라는 뜻이다. 사전은 각양각색의 인물을 입전(立傳)한다. 충신, 열녀, 효자, 의사(義士)를 입전하는가 하면, 기이한 인물이나 특이한 재능을 지닌 인물을 입전하기도 한다. 충신, 열녀, 효자, 의사에 대한 전은 유교 이념의 현양(顯揚)과 관련되어 있다는 점에서 이 장르와 유교 이념 간의 내적 연관성이 확인된다. 그렇긴 하지만 사전의 본령은 충신, 열녀, 효자의 전보다는 일민전(逸民傳) 혹은 일사전(逸士傳) 쪽에 있는 게 아닌가 생각된다. 일민전이나 일사전은 빼어난 재주를 지녔음에도 불구하고 재야에서 평생을 보낸 인물의 전이다. 이런 인물의 전을 왜 써 준 것일까? 이 장르의 역사철학적 근거는 이 물음과 관련되어 있다.[7] 일사전의 작자는 종종 그 입전인물을 자신과 동일시하여 그 속에다 자신의 감정과 기분을 투사(投射)해 놓고 있다. 이 감정과 기분은 대개 자신이 정치적으로 소외되어 있거나 뛰어난 능력을 갖고 있음에도 불구하고 몹시 불우한 처지에 있다고 느끼는 자들이 갖게 마련인 그런 감정과 기분이다. 그러므로 일사전에서는 종종 연민의 감정이라든가 동병상련의 감정 같은 것이 짙게 느껴진다. 작자는 이런 연민의 감정을 품은 채 입전 대상을 시간의 풍화작용 내지 망각의 세계에서 구해내어 불멸(不滅)을 부여하려고 기도(企圖)한다. 그러므로 일사전의

---

7 이하의 논의는 박희병, 『조선 후기 전(傳)의 소설적 성향 연구』(성균관대학교 대동문화연구원, 1993), 35~37면 참조.

연원을 소급해 올라가면 사마천(司馬遷)의 「백이열전」에 가 닿게 되며, 그 기저에는 천도(天道)의 문제와 선악(善惡)의 문제, 선선악악(善善惡惡: 선한 사람은 그 선의 보답을 받고 악한 사람은 그 악의 보답을 받는다는 뜻)의 원리에 대한 근본적 물음이 놓여 있다. 이 근본적 물음은 유교 철학의 근본 원리에 의심을 제기하고 있지만, 그럼에도 유교에서 비롯되는 것이며, 또한 유교의 테두리를 넘어서지는 못하고 있다고 보인다. '이름'에 대한 유별난 집착, 사후(死後)의 명성에 대한 강한 집착이 그 점을 잘 말해 준다. 일사전의 작자가 궁극적으로 추구한 것은 불우했던 어떤 인간의 이름이 망각되지 않고 후세에 영원히 전해지도록 하는 것, 다시 말해 입전인물을 불멸의 존재로 만드는 것이었다. 입전인물은 비록 살아생전에는 불우했지만 사후에 보상을 받게 된 셈이다. 일사전이 보여주는 이런 이름과 불멸에의 유별난 집착에는 유교적 의식이 반영되어 있다.

사후의 이름에 대한 유별난 집착이라는 면에서 행장(行狀), 비문, 묘지명도 장르발생론적으로 사전(私傳)과 유사성이 있다. 이들 장르는 죽은 사람의 이름이 인멸(湮滅)되는 것을 막고 그 덕행을 길이 전하고자 한다는 점에서 공통점이 있다. 그러므로 전통적으로 이들 장르를 '비지전장'(碑誌傳狀)이라고 한데 묶어 말한 데에는 그럴 만한 이유가 있다고 하겠다.

한편, 유교에는 독특한 장례 문화가 있다. 이와 관련되는 장르가 제문(祭文)이다. 제문은 제사 때 고인의 영전에 고하는 글로, 이 점에서 실용 장르라고 할 수 있다. 하지만 제문 중에는 문예성이 높은 글들이 적지 않다. 문인들은 제문을 문학적으로 아주 공들여 지어 고인의 인간적 미덕이나 업적을 드러내는 한편 자기와 고인의 특별한 관계를 그 속에 각인해 넣곤 하였다. 이런 제문은 단지 제사에서 읽는 데 그치는 것이 아니라 문집에 수록하여 사람들에게 길이길이 읽히고 후세에 전하는 것을 목적으로 삼는다. 이런 점에서는 이름과 불멸을 추구하는 비지전장과 상통하는 점이 없지 않다.

'문대'(問對)는, 묻고 답하는 형식으로 의론(議論)을 전개하는 글을 말한다. 일종의 문답체 의론산문이라고 할 수 있다. 대개 두 사람이 등장하는데, 두 사람 다 가상의 인물인 때도 있고, 두 사람 중 한 사람은 작자 자신인 때도 있다. 어느 쪽이든 간에 문대는 두 인물 중 한 사람이 도덕적으로나 이론적으로 절대적 우위에 서며, 다른 한 사람은 그 사람의 말을 경청하고 그 말에 승복한다. 따라서 문대에서 전개되는 문답은 진정한 의미의 토론은 아니다. 모든 정답이 오직 한 사람의 입에서 나오기 때문이다. 성리학이 융성했던 중국 송나라 때에는 '어록'(語錄)이라는 독특한 글쓰기 형식이 유행하였다. 어록은 도학자인 선생과 그 문도(門徒)가 주고받은 말, 혹은 제자의 질문에 대한 선생의 답변을 기록해 놓은 글이다. 어록은 원래 선가(禪家)의 전통에서 유래하는데, 송대의 성리학자들이 이를 수용해 확산시켰다. 바로 이 어록의 유행이 문대 장르의 발전을 가져와 소강절(邵康節)의 『어초문대』(漁樵問對) 같은 유명한 저술이 나오게 되었다.

주자학의 나라인 조선에서 문대 장르는 특별한 의미를 갖는다. 많은 학자들이 문대를 통해 자신의 생각이나 사상을 개진하였다. 문대는 일대일의 문답 형식을 취하므로 어떤 현안이나 문제에 대해 자신의 생각을 밝히고 그에 대한 예상되는 반론을 재반박하기에 좋았다. 조선시대의 문대 중 특히 주목되는 것은 담헌(湛軒) 홍대용(洪大容, 1731~1783)이 쓴 『의산문답』(毉山問答)이다. 실옹(實翁)과 허자(虛子) 사이의 긴장감 넘치는 문답으로 구성되어 있는 이 저술은 홍대용의 새로운 세계구상, 홍대용의 인간학과 자연철학을 담고 있다.[8] 홍대용의 문대는 주자학의 교리를 확인하거나 정당화하기 위한 것이 아니라 주자학을 비판하면서 실학을 옹호하기 위한 것이었다. 그렇긴 하지만 여기서도 담론의 절대적 권위를 실옹 한 사람이 틀어쥐고 있다. 홍대용은 기존의 권위를 깨뜨리면서 타자(他者)의 말을 겸허하게 경청하려는 자세를 갖고 자신의 새로운 사상을 구축해 나간 인물이지만, 자신의 이러한 사상적 지향을 문대라는 글쓰기 형식을 쇄신하는 데까지 밀고 나가지는 못했던 것이다. 즉 문대의 내용을 새로운 것으로 채울 수는 있었지만 그 형식까지 바꾸지는 못하였다. 그러기 위해서는 기존의 문대를 내적으로 혁신하여 진정한 의미의 토론과 상호수렴이 가능하도록 해야 했지만, 홍대용을 비롯한 유교적 문인, 혹은 유교적 지식인에게는 이것이 불가능하였다. 그것은 개항 이후 서양

---

8 박희병, 『한국의 생태사상』(돌베개, 1999), 293면 참조.

문명의 패러다임을 접한 안국선(安國善, 1854~1928)이 창작한 「금수회의록」(禽獸會議錄) 같은 작품에서 비로소 실현될 수 있었다. 중요한 것은, 문대는 그 내용에서뿐만 아니라 그 자기한계에 있어서도 유교와의 깊은 관련성을 드러내고 있다는 사실이다. 즉 문대의 담론 방식에 내재되어 있는 권위주의적 면모나 진리의 절대성에 대한 확신은 주류 담론으로서의 조선 주자학이 보여준 면모와 완전히 상동적(相同的)이다. 이 점에서 조선의 학문 풍토와 문대 장르는 대단히 친화적인 관계에 있다고 하지 않을 수 없다.

'명'(銘)은 자신을 경계하기 위해 벼루나 필세(筆洗), 검(劍), 궤석(几席) 등의 기물(器物)에 새겨 넣는 글이다. 몸을 삼가며 수기(修己)에 힘쓰는 사대부의 생활 태도가 잘 반영되어 있는 장르라 할 만하다. 이와 달리 '잠'(箴)은, 올바른 도리로써 남을 일깨우는 글이다. '명'이 자신에게로 향하는 글이라면, '잠'은 알고 지내는 주변의 어떤 사람에게로 향하는 글이다. 주변의 어떤 사람은 대개 벗인 경우가 많다. 유교에서는 유난히 벗을 중시한다. 절차탁마, 즉 학문의 연마는 좋은 벗 없이는 불가능하다고 보았으며,[9] 인격 수양을 위해서도 벗과의 교유는 긴요한 일로 간주되었다. 벗이란 자신의 잘못을 '규간'(規諫)해 주는 존재였기 때문이다. '규간'이란 절절한 마음으로 잘못을 지적하여 올바른 방향으로 나아가도록 깨우쳐 주는 것을 뜻한다. '잠'은 벗에 대한 사대부의 이런 독

---

9 공자는 『논어』 「자로」(子路)에서 "朋友, 切切偲偲"라고 말한 바 있다.

특한 태도를 반영하는 장르다.

'제발'(題跋)은 책이나 시첩(詩帖)·서첩(書帖)·화첩(畵帖) 따위의 맨 뒤에다 쓴 글을 말한다. 공자는 일찍이 "예술에 노닌다"[10]라고 말했는데, 제발은 공자의 이런 정신에 바탕을 두고 있다. 제발은 책, 글씨, 그림 등에 대한 사대부의 관심이 집약되어 있는 장르라고 말할 수 있다. 중국의 경우 제발은 송대에 이르러 활발하게 창작되기 시작하였다. 우리나라에서는 조선 후기에 들어와 많은 제발이 지어졌는데,[11] 여기에는 크게 두 가지 요인이 작용하고 있다고 판단된다. 하나는, 명말(明末) 이래 중국 화단(畵壇)의 주류가 된 문인화(文人畵)가 17세기 이래 조선에도 큰 영향을 미쳤다는 사실이다. 문인화는 직업 화가의 그림과 달리 문기(文氣)와 고도의 정신성을 강조하며 서예 미학을 극도로 추구하는 경향이 있다. 이 때문에 그림의 여백에다 개성 있는 글씨로 그림과 어울리는 아취 있는 시문을 적어 넣는 일이 매우 중요한 일로 간주되었다. 시문은 회화외적(繪畵外的)인 것이 아니라 공간구성상 회화의 일부분으로 여겨졌다. 이런 이유에서 17세기 이후 조선의 사대부 문인들이 제발을 쓰는 일이 점점 더 많아지게 되었다. 다른 하나는, 중국의 명말 청초에 소품문이 유행하면서 단소(短小)한 산문

---

10 "游於藝." 『논어』 「술이」(述而)에 보이는 말이다.
11 이른 시기의 제발로는 고려 후기 이규보의 문집에 보이는 제발을 들 수 있다. 이규보는 신흥 사류(新興士類)의 일원이었던바, 이 점에서 적어도 그 문화의식에 있어서는 조선시대의 사대부와 서로 통하는 점이 없지 않다고 생각된다.

인 제발도 소품문의 하나로서 주목받는 장르가 되었던바, 중국 문단의 이런 흐름이 조선에 영향을 미친 것으로 보인다.

2. 지금까지 거론한 산문 장르들은 이른바 정통 한문학에 속하는 것들이다. 그런데 정통 한문학에는 끼지 못하지만 정통 한문학의 장르들 못지않게 지속적으로 창작되어 온 한문산문 장르들이 있다. 이에 속하는 장르로는 일기, 시화(詩話), 필기(筆記), 패설(稗說), 우언(寓言), 야담(野譚), 몽유록(夢遊錄), 소설 등을 꼽을 수 있다. 이들 장르는 특별한 경우를 제외하고는 대부분 문집에 실리지 못하였다. 아마도 정통적 글쓰기가 못 된다고 간주되었기 때문일 것이다. 이렇게 정통과 비정통을 엄별하는 태도는 유교적 의식의 소산이다.[12]

문집에 실리지 못할 경우 이들 장르의 글은 대개 별도의 책으로 유통되거나 잡서(雜書) 속에 포함되어 유통되게 마련이었다. 사대부들은 그 일상생활에서 이들 장르를 애호하지 않은 것도 아니고 정통 한문학의 장르들 못지않게 늘 창작해 왔으면서도 왜 정통 한문학과 차별한 것일까? 여기에는 크게 보아 다음의 몇 가지 이유가 있다.

---

12 '사상'에 있어, 정통과 이단을 준별(峻別)하고, 끊임없이 이단을 색출해 그것을 공격하고 배격하고자 하는 태도 역시 이런 의식패턴의 연장선상에 있음은 말할 나위도 없다.

첫째, 정통 한문학의 장르들이 저마다 비교적 강고한 장르규범을 갖고 있는 데 반해, 이들 장르들은 그렇지 못하다는 점이다. 정통 한문학 장르들은 그 강고한 장르규범 때문에 대단히 정제된 글쓰기를 요한다. 그리하여 글쓰기의 형식과 문법에서 고도의 산문미학(散文美學)을 구현하지 않으면 안 된다. 이 때문에 글을 짓는 사람은 늘 고심에 고심을 거듭하고, 미문(美文)을 짓기 위해 온갖 노력을 기울이며, 지은 글을 거듭 고치고 다듬게 마련이다. 정통 한문학의 장르들은 대체로 장르마다 그 전범이 되는 글을 쓴 작가가 존재하는바,[13] 후대의 작가들은 바로 이 작가를 본받거나 넘어서기 위해 늘 부심하곤 하였다. 이 점에서 정통 한문학 장르의 글을 쓰는 사람에게는 늘 '고문'(古文)에 대한 고려가 수반될 수밖에 없었다. 장르론적 맥락에서 본다면 '고문'이란, 씌어진 어떤 글이 그 글이 귀속되는 장르의 규범을 따르고 있음을 의미한다. 하지만 비정통 한문학 장르들은 그렇지 않았다. 비정통 한문학 장르에는 장르적 전범의 압박감이나 구속 같은 건 별로 존재하지 않았으며, 단지 자신의 생각이나 구상을 비교적 자유로운 필치로 서술해 나가기만 하면 되었다. 그러므로 비정통 한문학 장르의 경우 고문을 써야 한다는 의식을 지닐 필요가 없었다.[14] 요컨대 비정통 한문학 장르들에는 뚜렷한 장르적 규범이 없든지,

---

13 전범이 되는 작가는 중국 작가인 경우가 대부분이다.
14 정확히 말한다면, '그런 의식이 허락되지 않았다'라고 해야 할 것이다.

아니면 설사 어느 정도 장르적 규범이 있다손 치더라도 전통의 압박감에 시달릴 필요가 없었다.[15] 이 점에서 비정통 한문학 장르들은 상대적으로 글쓰기가 자유로웠으며 큰 고심이 필요하지 않았다. 이처럼 글쓰기에 임하는 태도와 의식에서 정통 산문과 비정통 산문은 판이하게 달랐다.

둘째, 정통 산문들은 재도론(載道論)의 자장이 좀더 강한 반면, 비정통 산문들은 재도론의 자장이 상대적으로 약하거나 별로 문제가 되지 않았다는 점이다. 이 때문에 정통 산문들은 대체로 엄숙하거나 엄정하거나 단아하거나 고상한 면모를 띠게 마련이었다. 박지원의 예에서 볼 수 있듯 정통 산문 속에 해학이나 풍자나 반어(反語)나 유희를 끌어들여 근엄함을 깨뜨리려는 시도도 없지 않았지만, 이는 역시 예외적인 현상으로 간주되어야 옳을 것이다. 그러므로 정통 산문의 글쓰기는 대체로 체제 속으로 수렴되면서 체제의 온존과 재생산에 기여하는 면모를 강하게 지닐 수밖에 없었다. 그리하여 정통 산문은 설혹 현실에 대해 비판적인 논조를 취하는 글이라 할지라도 근본적으로 한계가 있게 마련이었다.[16] 그러므로 정통 한문학이라고 할 때의 '정통'이라는 말은 결코 범

---

15 가령 몽유록이나 한문소설 같은 것이 후자에 해당할 터이다.
16 하지만 예외가 없는 것은 아니다. 가령 문대 장르에서 홍대용의 『의산문답』이 그러하며, 또 전(傳) 장르에서 박지원의 9전(九傳) 같은 것도 그런 예로 꼽을 수 있다. 주지하다시피 박지원의 9전은, 완전히 당시의 체제를 벗어난 것도 아니지만 그렇다고 당시의 체제에 안주하고 있는 것도 아니며, 흥미롭게도 체제의 경계를 아슬아슬하게 넘나들고 있다고 보인다.

상하게 보아 넘길 말이 아니다. 하지만 비정통 산문의 경우 **비정통이기 때문에** 군이 재도(載道)를 의식할 필요도 없었고 또 근엄함이나 엄격함을 견지하려고 노력할 필요도 없었다. 그저 마음 가는 대로 붓 가는 대로 쓰면 되었고, 정념(情念) 혹은 마음속 깊은 욕망에 따라 생각을 풀어 나가더라도 별 상관이 없었다. 이 점에서 비정통 산문 장르가 유교와 맺는 관련은 정통 산문 장르의 경우보다 한층 복잡하다. 비정통 산문 장르들은 한편으로는 유교 속으로 수렴되는 면모를 보이기도 하지만, 다른 한편으로는 유교로부터 이탈하는 면모를 보여주기도 한다. 이 점에 대해서는 조금 뒤에 다시 논하기로 한다.

셋째, 정통 산문 장르들이 대체로 사실에 바탕한 글쓰기라면, 비정통 산문 장르들은 꼭 그렇지는 않은바, 괴력난신(怪力亂神)[17]이라든가 허구에 대해 훨씬 유연한 입장을 취하고 있다. 그리하여 사실과 허구를 쉽게 넘나들기도 하고, 더 나아가 아예 허구에 바탕한 글쓰기를 보여주기도 한다.[18] '괴력난신은 말하지 않는다'라는 서사원리는 이들 장르에는 해당되지 않았다. 이 때문에

---

17 『논어』 「술이」(述而)에 "子不語怪力亂神"이라는 말이 보인다. 괴력난신(怪力亂神)은 이미 공자 때부터 입에 올리기를 꺼렸던 것이다. 공자의 이런 태도는 이후 유자들이 지켜야 할 정언명제(定言命題)로 화(化)하였다. 그리하여 '괴력난신은 말해서는 안 되는 것'으로 되어 버렸다.

18 물론 비정통 산문 장르별로 차이가 있다는 점은 인정된다. 가령 일기·필기·시화의 경우 주로 사실에 입각한 서술을 하고 있음에 반해, 패설·우언·몽유록·야담·소설 등은 허구적 요소가 강하거나, 아예 허구에 입각해 있다.

일부 비정통 산문 장르들은 정통 산문 장르들에서는 좀처럼 보이지 않는 유희성 내지 오락성을 강하게 갖게 된다.

이상의 논의를 통해 볼 때 정통 산문 장르들은 **긴장된** 장르라고 할 수 있고, 비정통 산문 장르들은 **이완된** 장르라고 말할 수 있다. 긴장된 장르는 긴장된 글쓰기를 보여주고, 이완된 장르는 이완된 글쓰기를 보여준다. 물론 긴장된 글쓰기가 반드시 유교와 관련되고 이완된 글쓰기가 반드시 유교로부터의 이탈을 보여주는 것은 아니다. 그런 단선적 시각은 경계하지 않으면 안 된다. 이완된 글쓰기라고 해서 꼭 유교와의 연관이 없는 것은 아니기 때문이다. 이 점에 대한 자세한 논의 역시 조금 뒤로 미룬다.

정통 산문과의 대비 과정에서 드러난 비정통 산문들의 이런 특징에 유의하면서 이제 비정통 산문 장르들 하나하나에 대해 살펴보도록 하자.

'일기'는 개인의 일상생활을 날짜별로 기록한 글이다. 일기는 동서고금에 두루 있는 장르로서, 기억을 보존하고 자신의 삶을 반성하기 위한 것이다. 그러므로 꼭 유교하고만 관련된 장르라고는 말하기 어렵다. 하지만 조선시대의 일기적 글쓰기와 유교 사이에는 어떤 특별한 관련이 없지 않은 듯하다. 이 점을 이해하기 위해서는, 비록 문학적 글쓰기나 사적(私的) 글쓰기는 아니지만, 『승정원일기』(承政院日記)나 『일성록』(日省錄)의 글쓰기를 상기할 필요가 있다. 이들 책은 왕실과 조정의 일을 일기체로 기록한 것으로서, 비록 문학장르로서의 일기는 아니지만 일기적 글쓰기의 기저에 어떤 의식이나 태도가 자리하고 있는지를 뚜렷이 드러내 주는 자료들이라는 점에서 주목할 만하다. 이들 자료는 일지(日誌)식으로 작성된 '역사 서술'이라고 할 만하다. 이를 통해 적어도 공적 차원에서의 일기란 역사 서술과 서로 통한다는 사실을 알 수 있다. 이런 식의 글쓰기 연원은 멀리 『서경』(書經)이나 『춘추』(春秋)와 같은 유교의 경전에까지 소급될 수 있다.

　『승정원일기』나 『일성록』과 동일한 레벨에서 말할 수는 없겠지만, 조선시대에 나온 개인의 일기에서도 다소간 이런 역사 서술로서의 면모가 느껴진다. 가령, 이이(李珥)의 『석담일기』(石潭日記)라든가 홍대용의 『계방일록』(桂坊日錄) 같은 책은 모두 개인이 쓴 일기이지만 다분히 역사 서술로서의 성격을 띠고 있다. 이이나 홍대용의 책은 모두 공직에 있을 때의 일을 기록한 것이니 그 책이 역사 서술로서의 성격을 갖게 된 것은 당연하다 하겠지만, 문제는 공직에 있지 않은 사람의 일기조차도 넓은 의미에서 역사 서술로서의 면모를 일정하게 보여준다는 점이다. 그 좋은 예가 『흠영』(欽英)이다. 이 책은 전 144권의 방대한 일기로서, 그 작자인 유만주(兪晩柱, 1755~1788)는 평생 벼슬한 적이 없는 선비였다.[19] 주목되는 점은, 작자 스스로 자신의 일기는 곧 '역사'이며, 자신은 역사가로서 공사간(公私間)의 모든 일을 기록하고자 했다

---

19 『흠영』(欽英)의 특징 및 그 작자에 대해서는 박희병, 「흠영 해제」, 『흠영』(규장각, 1997) 참조.

는 점을 힘주어 천명하고 있다는 사실이다. 말하자면 일기를 또 다른 의미의 역사, 곧 사적(私的)으로 기술된 역사로 '자각'하고 있는 셈이다. 작자의 말대로 『흠영』은 작자가 읽은 책의 내용을 비롯해 주변에서 보고 들은 일들, 일상의 온갖 사소한 일들만이 아니라, 국가와 조정의 대소사까지도 낱낱이 기록하고 있다. 『흠영』 외에도 이런 방대한 성격의 일기로는 이재(頤齋) 황윤석(黃胤錫, 1729~1791)의 『이재난고』(頤齋亂藁)를 꼽을 수 있다. 『흠영』만큼 그렇게 투철하고 자각적인 것은 못 되지만 『이재난고』 역시 그 밑바닥에는 사적인 역사를 기술한다는 의식이 저류(底流)하고 있는 게 아닌가 생각된다. 그렇지 않다면 공사간의 일을 그토록 자세하게 기록했을 리 없다. 뭔가 자신과 그 주변의 일을 성실하게 기록해 후세에 남기고 전함으로써 공적인 역사 서술에 보탬이 되거나 공적인 역사 서술을 보완하겠다는 생각을 갖고서 평생 동안 써 내려간 것임이 틀림없다. 물론 조선시대에 나온 모든 일기가 『흠영』과 같은 의식을 보여주는 것은 아니다. 현상적으로 본다면, 그저 자신의 일상생활을 간단간단하게 적어 나간 일기가 대부분이다. 하지만 일기의 작가가 자각했든 자각하지 못했든 조선시대에 나온 이들 일기의 기저에는 기록하여 남긴다는 의식, 그리하여 역사에 도움을 준다는 의식(혹은 무의식)이 자리하고 있는 게 아닌가 한다. 적어도 이 점에서 유교와 일기의 상관관계를 문제 삼을 수 있을 터이다.

'시화'(詩話)는 시 혹은 시인에 관한 이런저런 정보들을 자유로운 필치로 서술해 놓은 글이다. 개중에는 시 비평의 면모를 띤 내용이 있는가 하면, 특정 시의 창작과 관련된 내용도 있고, 시인의 주변에 대해 언급한 내용도 있는 등, 상당히 잡다한 편이다. 이 장르는 조선 사회의 문화틀[20]로 인해 일상에서 늘 시를 창작할 수밖에 없었던 조선시대 사대부들의 현실과 요구를 반영하고 있다. 그 점에서 시화의 특정한 디테일에서 꼭 유교적인 내용과 지향이 발견되지는 않는다 할지라도 이 장르의 발생론적 기저에는 사대부의 생활과 문화의식이 깊이 관련되어 있다고 하지 않을 수 없다.

'필기'(筆記)는 잡기(雜記)·잡록(雜錄)·만록(漫錄)·수록(隨錄) 등으로도 불린다. 그때그때 떠오른 생각이나 주위에서 접한 견문을 가벼운 필치로 적어 놓은 글이다. 아주 잡다한 내용들로 이루어져 있지만 대체로 사대부의 일상적 삶과 관심을 반영하고 있다. 그러므로 이 장르는 사대부 생활세계와 그 주변을 수의적(隨意的)으로 기술하는 장르라고 말할 수 있다.

일기, 시화, 필기가 사실에 입각한 글쓰기를 보여주는 장르들

---

20 '문화틀'이란 계급적으로 조성된 문화적 틀을 지칭하기 위해 필자가 만들어 낸 말이다. 이 틀은 계급적 취향과 문화의식을 유지하고 재생산해 내는 하나의 기제(機制)이자, 일종의 거대한 '학교'다. 계급적 미의식과 취미와 행위 패턴은 이 틀 속에서 의식적·무의식적으로 유지되고, 재생산되고, 변형되고, 갱신되고, 확장된다. 이 점에서 문화적 틀은 완전히 닫혀 있지는 않으며, 자신의 정체성을 견지하는 한도 내에서 새로움을 받아들이기도 하고, 유행이라든가 외래적인 요소를 재빠르게 수용하기도 한다. 문화틀은 직접적으로는 취향이나 문화의식과 관계되지만, 사회제도나 수취 관계(收取關係), 신분(혹은 계급) 구조 등과 밀접한 관련을 맺고 있다.

이라면, 지금부터 살펴보게 될 패설, 우언, 야담, 몽유록, 소설 등은 허구적이거나 허구와 친화적인 장르들이다.

먼저, '패설'부터 보자. 패설은 민간의 이야기를 기록해 놓은 것으로, 대체로 그 편폭이 짧다. 사대부의 입장에서 보면 비속하거나 외설스러운 내용들이다. 패설 중에서도 특히 웃음을 유발하는 이야기는 '소화'(笑話)라고 부른다. 그런데 사대부들은 왜 이런 시시껄렁한 이야기들을 기록한 것일까? 패설의 작자들은 이 물음과 관련해 대개 두 가지 점을 거론하고 있다. 하나는, 비록 비속하기는 하나 이런 이야기들을 통해 민간의 풍속을 살필 수 있거나 교훈을 발견할 수 있다는 점이요, 다른 하나는, 세도(世道)에 큰 도움이 되는 것은 아니지만 무료할 때 파적(破寂)의 자료는 족히 된다는 점이다. 첫 번째 이유는 듣기 좋으라고 한 말로 보이고, 두 번째 이유가 사실에 가까운 게 아닌가 생각된다. 그렇다고 한다면 패설이라는 장르는 기실 재도론(載道論)과는 무관하며, 재도론의 긴장감을 훌훌 털어 버리고 기이(奇異)와 허구(虛構)의 세계를 즐기는 것 그 자체에 목적을 둔 장르라고 말할 수 있다. 말하자면 오락에 더 큰 비중을 둔 장르인 셈이다. 역설적이지만, 유교와 패설의 관련은 바로 이 점에서 발견된다. 즉, 유교가 부하(負荷)한 긴장감을 해소하기 위한 장르로서 패설이 요청되었던 것이다. 유교의 이념을 충실히 구현하는 장르로는 이런 긴장감을 해소할 수 없었기에 사대부들은 유교 이념과 무관한 패설 장르 같은 것을 통해 잠시 긴장을 풀고 정신을 이완시킬 필요가 있었다.

이런 점에서 본다면 유교 이념을 충실히 구현하고 있는 일군의 장르들과 패설 장르는 기묘하게도 한 시대의 장르체계 내에서 서로 일종의 공생 관계를 형성한다고 할 수 있다. 한쪽은 유교적 경계 안에 있고 다른 한쪽은 유교적 경계 밖에 있거나 경계 위에 걸터앉아 있었음에도 불구하고 서로 보완 관계를 이루고 있었던 것이다. 이러한 공생은 표면적으로는, 그리고 공식적으로는, 유교적 경계 밖에 있거나 경계 위에 걸터앉아 있는 장르의 가치를 늘 폄하하는 방식을 통해 이루어졌다. 그러므로 패설이라 불리는, 유교의 경계 밖에 있거나 경계선상에 있는 이 장르는 유교의 경계 안에 있는 장르들이 보여줄 수 있는 것은 무엇이며, 또 결코 보여줄 수 없는 것은 무엇인지를 가늠하게 해 준다.

'우언'은, 그 외연을 아주 넓혀서 본다면, 장르라기보다 하나의 글쓰기 방식을 의미하는 말이지만, 아주 좁혀서 본다면, 하나의 장르를 지칭하는 말이 될 수 있다.[21] 동아시아에서 우언은 대개 『장자』(莊子)의 글쓰기 전통에 닿아 있다. 우언은 허구적이다. 이 점에서 사실성을 근간으로 하는 유교적 글쓰기와는 일단 거리가 있다. 그렇다고 해서 우언의 주제가 꼭 도가적(道家的)인 것만은 아니다. 계곡(谿谷) 장유(張維, 1587~1638)가 쓴 「우언」(寓言)[22]처럼 도가적인 성향의 글도 있지만, 눌은(訥隱) 이광정(李光庭, 1674~

---

21 이 때문에 장르론적으로 '우언'은 늘 논란거리다.
22 『계곡집』(谿谷集) 권3에 수록되어 있다.

1756)이 쓴 일련의 우언처럼 대체로 유교적인 테두리 속에 있다고 판단되는 글들도 없지 않다. 이처럼 우언은 비록 그 형식은 도가에서 비롯되지만 그 내용은 유교와도 연관될 수 있다.

'야담'은 일종의 복합장르로, 그 속에 몇 개의 장르들이 내포되어 있다. 그중 특히 주목되는 것은 패설과 소설이다. 야담의 한 구성 부분을 이루고 있는 소설은 특별히 '야담계소설'이라고 불린다. 야담이라는 장르는 중국이나 일본에는 없고 조선에만 있다. 중국 풍토에서라면 우리나라 야담은 대개 문언단편소설(文言短篇小說)의 일종으로 간주될 터이다. 야담은 원래 민간의 이야기들이 한문으로 기록되어 정착된 것이다. 이야기가 기록되는 과정에 약간의 윤색과 수식이 가해지기도 하고 원래의 이야기가 갖는 의미지향이 다소 굴절되기도 하였다. 그렇기는 해도 야담이 민간의 이야기에 원천을 두고 있다는 점은 분명하다.[23] 야담은 17세기 전반기에 성립되어 18, 19세기에 발전해 갔다.

야담은 조선 전기에 창작된 패설에 비해 그 분량이 긴 편이다. 이 점은 조선 전기의 대표적인 필기·패설집인 『용재총화』(慵齋叢話)와 조선 후기의 대표적인 야담집인 『청구야담』(靑邱野談)을 비교해 보면 금방 알 수 있다. 야담은 전대의 패설과 비교해 왜 이렇게 전반적으로 길어진 것일까? 여기에는 두 가지 이유가 있다

---

23 야담은 그 사적(史的) 전개 과정에서 전대의 문헌 자료들을 윤색하거나 개변(改變)하거나 합치는 방식으로 새로운 것이 만들어지기도 했다.

고 보인다. 하나는, 전대의 패설과 달리 야담은 단지 오락으로서 만이 아니라 역사인식 내지 현실인식에 보탬이 되는 글로서 기능했다는 점이고, 다른 하나는, 패설 작가와 달리 야담 작가에게는 뭔가 작품을 만든다는 의식이 좀더 강했다는 점이다. 야담은 사대부들이 정신적 긴장을 해소하기 위해 오락용으로 읽기도 했지만, 자국의 역사와 현실에 대한 지식과 교양을 얻기 위해 읽기도 했다고 여겨진다. 거의 모든 야담이 우리나라의 특정한 시공간을 배경으로 삼고 있다는 점, 그리고 대다수 야담이 실존했던 저명한 사대부를 주인공으로 등장시키고 있다는 점에서 자국의 역사 및 현실과 야담의 밀접한 관련이 확인된다. 야담은 겉으로 보기에 꼭 실제 사실처럼 꾸며 놓았으며, 의사역사(擬似歷史)의 외관을 취하고 있다. 야담에는 환상담(幻想譚)도 있고 사실담(事實譚)도 있는데, 둘은 적절한 균형을 취하고 있다. 하지만 그 어느 쪽이든 실제 일어난 사실처럼 보이게 만들어 놓고 있다는 점에서는 공통적이다. 이 점이 장르로서의 야담이 갖는 주요한 특징이다. 야담의 이런 특징은 '사실'을 중시하는 유교적 문화의식이 작용한 결과가 아닌가 생각된다. 그리하여 야담은 허구를 전개하고 있으면서도 늘 실제 사실처럼 포장하는 경향을 보여주며, 이 점을 위해 전전긍긍하고 있는 것처럼 보인다. 허구를 기피하고 사실을 중시하는 유교적 문화의식을 떨쳐 버리지 못해 허구를 마음껏 구가하는 쪽으로 나아가지는 못한 것이다. 이 조심스러움, 혹은 이 쭈뼛쭈뼛 주저하는 태도에서 야담에 각인된 유교의 영향력이 감지된다.

이런 측면과 일정하게 대응한다고 보이지만, 야담에는 크게 보아 두 가지의 대립적 지향이 공존한다. 하나는, 충·효·열 등의 유교적 이념을 강조하는 지향이고, 다른 하나는 유교적 이념과는 무관하게 다양한 현실이 반영된[24] 서사(敍事) 자체에 중점을 두는 지향이다. 후자의 경우 그 메시지는 비(非)유교적이거나 탈(脫)유교적인 것이 될 수도 있다. 다시 말해 유교의 틀을 벗어날 수도 있다. 군도(群盜) 이야기라든가, 달아나 몰래 신분 상승을 이룬 노비의 이야기라든가, 몰락양반과 대결하는 과정에서 경제력 및 현실감각에서 월등한 우세를 보여주는 어떤 중인(中人)의 이야기[25] 등에서 그 점을 잘 확인할 수 있다. 이런 이야기들은 유교에서 그토록 강조하는 '본분'(本分, 혹은 명분)이라든가, 분수를 지켜야 한다든가, 검소하게 살아야 한다든가, 욕망을 억제해야 한다든가, 물질보다는 정신이 중요하다든가 하는 담론들을 무력화시키면서 물질과 욕망과 신분상승을 적극적으로 추구하며 새로운 가치를 향해 줄달음치고 있다. 이 점에서 야담이라는 장르는 유교적 문화의식과 탈유교적 의식이 상호 충돌하면서 쟁투를 벌이는 장(場)이라고 할 수 있다.

'몽유록'은 조선 초기에 형성된 장르로서, 사실과 허구가 뒤섞여 있다는 점에서 요즘의 '팩션'(faction) 장르와 일정하게 통하는

---

24 현실의 반영은 사실적으로 이루어질 수도 있지만 환상적인 방식으로 이루어질 수도 있다.
25 서벽외사(栖碧外史) 해외수일본(海外蒐逸本) 『청구야담』(靑邱野譚) 권8에 수록된 「결방연이팔낭자」(結芳緣二八娘子)를 말한다.

점이 없지 않다. 현재 전하는 중요한 몽유록들은 대개 역사상의 어떤 문제에 대해 꿈이라는 형식을 빌려 발언하는 방식을 취하고 있다. 꿈이라는 장치가 없으면 말하기 어려운 어떤 내용을 꿈을 빙자해 말하고 있는 셈이다. 바로 이 점에서 몽유록의 장르적 고유성이 발견된다. 즉 몽유록은 사실의 글쓰기와 허구의 글쓰기 '사이'에 위치하고 있는바, 비록 허구적 요소를 도입하고 있기는 하나 기본적으로 사실에 견인된다는 묘한 특징을 보인다. 이 점은 앞에서 살핀 '가전'(假傳)의 면모와 유사하다. 지금 전하는 몽유록 가운데에는 희작적(戲作的) 성격의 작품도 없지 않지만, 주목되는 작품들의 경우 그 담지된 문제의식이 가전과는 비교가 되지 않을 정도로 심각하다. 가전이든 몽유록이든, 허구적 외관을 취하고 있음에도 불구하고 사실에 의한 견인을 끊어 버리지 못하고 있음은 유교적 문화의식과 깊은 관련이 있다고 보인다. 즉 그것은 '사실'을 중시하는 유교적 글쓰기 패턴의 부하(負荷)를 완전히 떨쳐 버릴 수 없었기 때문이 아닐까. 몽유록은 사실 전기소설(傳奇小說)에서 유래하는 장르다. 중국의 경우 몽유록이 전기소설 장르에서 분리되지 않았던 데 반해 우리나라에서는 전기소설에서 분리되어 나와 하나의 역사적 장르로서 독자적 전개를 보인 것은 중국보다 우리나라(=조선시대)가 유교의 사회적·문학적 영향력이 훨씬 더 강고(强固)했기 때문이라고 생각된다.

만일 가장 정통적인 산문을 제일 오른쪽에, 가장 비정통인 산문을 제일 왼쪽에 위치시킨다고 한다면, 의당 '소설'이 제일 왼쪽을 차지할 터이다. 소설은 전근대 시기, 특히 조선시대 내내, 불온한 것으로 간주되어 왔다. 풍속을 문란하게 만든다는 이유에서였다. 소설이 풍속을 문란하게 만든다는 지적은, 소설이 애욕(愛慾)을 추구함으로써 사람들의 도덕심을 해이하게 만들고 윤리적 규범을 무너뜨릴 수 있음을 경계한 것이다. 이 경우 윤리적 규범이란 물을 것도 없이 유교적 규범을 뜻한다. 그런데 소설을 부정적으로 보면서 배척했던 이런 시각과 달리 소설에 일정한 긍정적 의의를 부여하면서 옹호했던 논자들도 없지 않았다. 이들의 논리는, 간단히 정리하면, 소설은 감응력(感應力)이 아주 크기 때문에 세교(世敎)에 도움이 된다는 것이었다. 재도론적 관점에서 소설을 옹호하고자 한 것이다. 소설을 보는 이 두 개의 상반된 관점 모두가 유교와 밀접히 관련되어 있다는 사실에 유의할 필요가 있다. 소설부정론이든 소설긍정론이든 모두 유교의 입장에서 소설을 부정하거나 변호하고 있기 때문이다.

소설에는 장편소설과 단편소설이 있으며, 단편소설에는 다시 그 하위장르로서 몇 개의 주요한 역사적 장르들이 존재하는바, 전기소설(傳奇小說), 야담계소설(野譚系小說), 전계소설(傳系小說)이 그것이다. 야담계소설은 야담에 포함되니 여기서 다시 거론하지 않겠으며, 나머지 소설 장르들에 대해서만 논하기로 한다.

'전기소설'은 신라 말에서 고려 초 사이에 성립된 장르로서, 16세기까지 중심적 소설 장르로서의 위치를 견지했으며, 17세기에 좀더 다양한 형식으로 발전하였다. 중국 전기소설이 애정 문제에만 국한되지 않고 다양한 면모를 보여주는 것과 달리 우리나라 전기소설의 특징은 '애정갈등'에 있다. 이 때문에 우리나라 전기소설의 수작(秀作)들은 대개 비극적 결말을 보여준다. 무릇 장르로서의 소설이란 그 중핵에 '욕망'이 자리하고 있다. 욕망을 어떤 문법으로 그려내고, 어떻게 형식화하며, 어떻게 문제 삼고, 어떤 방식으로 탐구하는가에 따라 소설에는 다양한 역사적 하위장르들이 생겨나게 된다. 전기소설에는 당연히 욕망을 형식화하는 그 자신의 고유한 방식이 있다. 나말여초(羅末麗初)의 전기소설은 육두품(六頭品) 문인 계층에 의해 창작된 것으로 추정되지만, 조선시대의 전기소설은 그 작자층이 사대부 문인이었다. 육두품 문인 계층이든 사대부 계층이든 전기소설의 작자들은 정치적·사회적으로 소외감을 품고 있는 경우가 많았다. 그리하여 이 소외의 감정과 기분을 남녀 애정갈등의 형식 속에 투사하곤 하였다. 한국 전기소설의 애정갈등은 대개 신분갈등과 결합되는 양상을 보여준다. 이 경우 신분갈등이란 예교(禮敎) 내지 기성질서에 대한 저촉(抵觸)을 의미한다. 바로 이 지점에서 전기소설은, 작가의 의도와는 상관없이, 주어진 질서와 체제를 벗어나는 지향을 그 한켠에서 갖게 된다. 비록 작가는 정치적·사회적인 소외감 및 그와 관련된 자신의 입장을 애정갈등의 형식으로 표현하고자 했을 뿐이지만, 작품의 객관적 지향은 종종 작가의 그러한 주관적 의도를 뛰어넘어 버리곤 하는 것이다.

전기소설의 남녀 주인공은 대개 문예취향을 지니고 있으며 이를 통해 지음(知音)의 관계를 형성한다. 남녀 주인공의 문예취향은 두 사람을 정서적으로, 그리고 심미적으로, 연결시켜 주면서 애정결합에 이르게 하는 중요한 끈이다. 그런데 주목해야 할 것은 이것이 문인층 혹은 사대부층의 유교적 문화의식과 관련된다는 사실이다. 전기소설의 작가가 문예적 교양을 지닌 사람임을 감안한다면 전기소설의 남자 주인공이 문예적 교양을 갖추고 있음은 하등 이상한 일이 아니다. 그렇지만 여성 주인공으로 하여금 굳이 문예적 교양을 구비케 하고 있음은 어떻게 이해해야 할 것인가? 이 물음과 관련해 전기소설 장르의 한 고유한 특징이 드러난다. 전기소설은 단순히 여성이 아니라 '문예적 교양을 갖춘 여성'을 욕망의 대상으로 삼았던 것이다. 이 경우 문예적 교양은 여성과 관련하여 상반되는 두 가지 함의를 갖는다. 하나는 유교적 교양미(敎養美)이고, 다른 하나는 탈유교적 자유분방함이다. 전기소설의 여성 주인공은 상반된 이 두 가지 면모를 동시에 갖고 있다. 왜일까? 문인층 내지 사대부층 작가의 욕망과 이상이 모순적으로 반영된 결과다. 전기소설의 작가들은 여성이 유교적 교양을 갖추고 있되 여느 규방의 여성들과는 달리 자유분방하고 애정 행위에 적극적이기를 희구했던 것이다. 유교적 교양만 있고 자유분방하지 않다면, 고상하고 점잖을지는 몰라도 성적 욕망을 적극적으로 실현하기는 어려울 것이고, 자유분방하기만 하고 유교적 교양이 없다면, 깊은 정신적 공감을 획득하기 어려울 터이다. 이런 이유에서 전기소설의 여성 주인공들은 시를 수창하거나 그림이나 음악을 감상할 줄 아는 유교적 교양의 소유자일 뿐 아니라 애정 행위에 적극적인 여성으로 형상화된다. 그러므로 전기소설은, 비록 작품 내용상으로는 여성의 정욕을 긍정하고 있다고 할지라도, 적어도 이 점, 즉 남성의 이상과 욕구, 남성의 구미에 부합하는 여성상을 창조해 놓고 있다는 점에서는 남성중심적이다. 요컨대 전기소설의 여성 주인공은 유교적 현실 속에서 남성들이 희구해 온 이상적 여성상에 해당한다. 유교적 교양을 지닌 남성 독자들은 이런 여성 주인공을 통해 심미적 쾌감을 느꼈을 법하다.

사대부 남성 독자들의 이러한 요구는 이율배반적인 것이다. 왜냐하면 사부가(士夫家) 여성을 꽁꽁 묶어 놓은 것, 다시 말해 여성으로 하여금 문필 활동을 못하게 하고 적극적 애정 표현을 못하도록 문화와 제도를 만들어 놓은 것은 다름 아닌 사대부 남성이었기 때문이다. 현실은 이처럼 유교적 가부장제의 원리에 따라 움직이고 있었지만, 역설적으로 바로 그 때문에 사대부 남성들은 교양 있는 여성, 문예취향이 있는 여성들과의 로맨틱한 사랑을 꿈꿀 수밖에 없었다. 이런 점에서 전기소설은 사대부 남성의 '꿈꾸기'로서의 면모가 강하며, 사대부 남성의 성적 환상이 투사되어 있다.[26]

---

26 전기소설에서 여성 주인공은 반가(班家) 여성일 수도 있고 기생일 수도 있다. 하지만 이런 차이는 그다지 중요하지 않다. 그 어느 쪽이든 사대부 남성의 성적 환상이 투영되어 있다는 점에서는 같기 때문이다.

우리가 주목해야 할 점은 전기소설의 이 성적 환상이 어떤 식으로든 유교와 관련되어 있다는 사실이다. 김시습의 「이생규장전」·「만복사저포기」로부터 권필의 「주생전」, 작자 미상의 「운영전」에 이르기까지 조선시대 전기소설의 명편(名篇)들이 하나같이 남녀간의 애정을 제재로 하고 있음은[27] 이 점과 관련해 재음미될 필요가 있다. 이런 현상은 동아시아 세 나라 가운데 가장 엄격한 유교적 질서를 유지했던 조선의 문화와 현실을 역으로 반영하고 있는 게 아닌가 생각된다.

중국의 한시에는 연애 감정을 담은 작품들이 더러 있다. 뿐만 아니라 중국의 문인들은 종종 사(詞)라는 장르를 통해 짙은 연애 감정을 표현하였다. 하지만 조선에는 연애시라 할 만한 것을 발견하기 어렵다.[28] 그렇다면 조선에는 연애의 감정을 담은 장르가 전연 없었던 것일까? 그렇지는 않다. 조선에서는 전기소설이 연애시의 역할을 부분적으로 했다 할 만하다.[29]

이상 살펴본 것처럼 한국 전기소설의 '애정'에는 작가가 처해 있는 사회·정치적 환경과 관련된 작가의 기분이나 감정만이 아

---

27 필자는 여기서 중국 전기소설은 제재가 퍽 넓어 남녀애정에만 국한되지 않는다는 사실을 다시 상기시키고 싶다. 일본의 경우, 전기소설의 영향을 받아 창작된 소설로 흔히 『오토기보코』(伽婢子)를 들지만, 이 작품이 애정물이라기보다 괴기물(怪奇物)에 가깝다는 점도 이 문제와 관련해 주목할 만하다.

28 김려의 『사유악부』에 보이는 연희(蓮姬)에 대한 사랑의 노래가 그나마 꼽을 수 있는 작품이 아닌가 한다.

29 나말여초의 「최치원」(崔致遠) 이래 애정 전기소설에 들어 있는 한시들이 흔히 애정시의 면모를 보여준다는 사실도 이 점과 관련해 유의해 둘 만하다.

니라 조선의 유교 문화와 관련된 젠더적 모순이 반영되어 있다. 전기소설은 유교적 교양을 바탕으로 하고 있지만 욕망의 추구라는 점에서 유교로부터 벗어나는 측면을 동시에 갖는다.

'전계소설'은 소설화된 '전'(傳)을 가리킨다. 전계소설은 한편으로 거사직서(據事直書)를 원칙으로 하는 '전'의 장르적 성격을 물려받으면서 다른 한편으로 허구적 요소를 도입하고 있다. 전계소설은 허구를 마음껏 펼쳐 보이기보다는 아주 조심스럽게 구사하는 편이다. 즉 사실적 면모가 강하여, 허구적 요소는 어디까지나 거사직서라는 글쓰기의 틀 내에서 구사되고 있다는 느낌이다. 홍세태(洪世泰, 1653~1725)의 「김영철전」(金英哲傳) 같은 작품에서 이 점이 잘 확인된다. 이처럼 전계소설은, 비록 소설이기는 하나, 사실을 중시하는 '전'의 전통에 크게 구애받고 있다는 점에서 유교적 글쓰기의 경계를 크게 벗어나지는 못했다고 생각된다.

17세기 이후에 등장한 한문장편소설은 전기소설과는 다른 발생 경로, 다른 장르론적 기저를 갖고 있으며, 장르상 국문장편소설과 밀접한 관련을 맺고 있다. 17세기 이후에는 국문장편소설이 한문으로 번역되거나 한문장편소설이 국문으로 번역되는 등 유통 과정에서 표기문자가 전환되는 현상이 빈번히 일어났다. 이런 점을 고려하여 한문장편소설은 나중에 국문장편소설을 거론할 때 함께 다루기로 한다.

4
유교와 국문시가

'국문'시가라고 할 때 '국문'은 엄격히 말하면 한글이겠으나 여기서는 향찰(鄕札)로 표기된 시가도 포함시키기로 한다. 그럴 경우 향가도 국문시가의 한 장르에 해당하게 된다. 국문시가의 주요한 장르로는 향가, 고려가요, 경기체가, 시조, 가사 등을 꼽을 수 있다.

먼저 향가부터 보자. 향가는 유교와의 관련보다는 불교와 밀접한 관련을 보여준다. 유교와의 관련을 보여주는 작품은 「안민가」(安民歌) 정도에 불과하다. 향가가 창작된 시대를 주도한 사상이 불교였기 때문일 터이다.

고려가요 역시 유교와의 관련은 희박하다. 고려가요는 특정한 사상이나 이념과의 관련보다는 삶에 대한 직접적·무정형적(無定形的) 감각을 기반으로 하고 있는 것으로 여겨진다. 그러므로 이념(=유교 이념)의 눈으로 세상을 바라보게 된 조선 초기의 사대부들 눈에는 고려가요가 무잡(蕪雜)하거나 단정치 못하거나 외설스런 노래, 즉 '남녀상열지사'(男女相悅之詞)로 보일 수밖에 없었을 것이다.

경기체가는 고려 후기에 성립된 장르로서, 주지하다시피 「한림별곡」이 그 효시다. 「한림별곡」은 최초의 경기체가이지만 경기체가의 장르적 특성을 두루 잘 보여주는바, 사대부 문인의 관심사, 이를테면 시문(詩文), 서적, 글씨, 술, 화훼(花卉), 음악, 명승(名勝), 기생과의 풍류 따위를 노래하고 있다. 득의에 찬 태도로 사대부의 풍류스런 삶을 명사형의 단어로 쭉 서술한 다음 "경(景)긔 엇더ᄒ니잇고"라는 말로 수렴하는 「한림별곡」의 독특한 서술방식은, 이후 장르적 구속력으로 작용하면서 안축(安軸, 1287~1348)의 「관동별곡」과 「죽계별곡」을 거쳐 조선 전기의 경기체가로 이어진다. 비록 조선 전기에는 수도 한양을 노래한다든가 특정한 중앙 관서(官署)를 노래한다든가 임금의 성덕(盛德)을 노래한다든가 형제의 우애를 노래한다든가 하는 식으로 노래의 대상이 확대되고 있으나, 그럼에도 (1)낙관적이고 득의에 찬 어조를 취하고 있다는 점, (2)자긍과 찬양의 노래라는 점, (3)내면보다는 외면을 향함으로써 다분히 화려하고 질탕한 느낌을 자아낸다는 점 등에서 강한 공통성을 갖는다. 이런 점에서 보면 경기체가는 한시의 관각시풍(館閣詩風)과 서로 통하는 점이 많다.

이처럼 경기체가는 처음에는 사대부의 풍류 생활을 노래하는 데서 출발했으나 왕화(王化)를 찬양하거나 윤리의식을 고취하는 쪽으로 점차 외연을 확대해 나갔다. 경기체가의 이런 면모는 고려 후기에 대두하여 마침내 새 왕조의 주인으로 군림하게 되는 사대부 계급의 성장과 그 궤를 같이한다. 요컨대 경기체가는 그 장르의 발생과 전개가 기본적으로 유교적 기반 위에서 이루어졌다고 할 수 있다.

시조는, 그 명칭이야 어쨌건, 고려 말경에 하나의 장르로 성립되었다고 추정되는데, 경기체가와 더불어 우리나라 사대부의 멘탈리티와 미의식을 집약적으로 드러내 보여주는 장르다. 만일 누군가가 한국의 유교가 중국에는 없는 문학장르, 즉 한국에 고유한 문학장르를 만들어 낼 수 있었던가, 그리고 그런 게 있다면 어떤 장르인가라고 묻는다면 나는 맨 먼저 경기체가와 시조를 들고 싶다. 경기체가와 시조는 둘 다 사대부의 미의식과 흥취를 표현하고 있으나, 미의식과 흥취의 양상 및 그 표현방식은 사뭇 다르다. 경기체가가 토막토막 사물을 나열하는 방식으로 흥취를 표현하고 있다면, 시조는 심회(心懷)를 연속적으로 전개하는 방식으로 흥취를 표현하고 있다. 경기체가는 한자어와 명사가 중심이 되는 데 반해, 시조는 우리말 구사에 묘미가 있고 형용사나 동사 등 서술어의 활용어미가 독특한 미감을 자아낸다. 통사구조(統辭構造)에 있어서도 경기체가는 퍽 단조롭고 부자연스러운 데 반해, 시조는 다채롭고 매끈하다. 이 점에서 경기체가보다는 시조가 좀더 한국적이고 토착적이다. 나아가 경기체가보다는 시조 쪽이 우리말 노래로서는 훨씬 더 세련미를 갖는다. 시조가 한국어의 질감과 결을 아주 잘 살리고 있음에 반해, 경기체가는 별로 그렇지 못하다. 한편, 경기체가는 지식과 사물이 외재적인 상태 그대로 제시되는 데 반해, 시조는 대상을 일단 모두 내재화시킨다. 이 점에서 시조는 본질적으로 '서정'(抒情)에 속하며, 경기체가는 순수한 서정이라기보다는 '서술'(敍述)[1] 쪽으로 좀더 옮겨가 있다. 경기체가가 산문적으로 느껴지는 것도 이 때문이다. 또한, 경기체가는 사대부의 질탕한 풍류의식 같은 것을 곧잘 드러내는 반면, 시조는 단아하고 절제된 미감을 보여준다. 질탕함과 절제, 이 둘은 사대부층이 늘 갖고 있던 두 가지 상반된 태도인데, 장르적 견지에서 본다면 한쪽은 경기체가로, 다른 한쪽은 시조로 집약되어 구현되었다고 할 만하다.

이상의 비교를 통해 알 수 있듯 경기체가의 미의식이 좀더 산문적이고, 한문적(漢文的)이고, 즉물적(卽物的)이고, 명사적(名詞的)이라면, 시조의 미의식은 좀더 시적이고, 국어적(國語的)이고, 이념적이고, 술어적(述語的)이다. 이에 따라 흥취를 드러내는 방식도 달라지니, 경기체가가 바깥을 향해 야단스럽게 흥취를 발산하는 방식을 취한다면, 시조는 대단히 절제된 방식으로 흥취를 드러낸다. 이 점에서 시조에는 내면성이라 할 만한 것이 발견되지만 경기체가에서는 좀처럼 그런 것을 발견하기 어렵다. 또한 시조는 내적 독백의 장르처럼 보이지만 경기체가는 전혀 그렇지 않다.[2]

---

1 이 책에서 사용되고 있는 '서술'이라는 장르론적 용어는 조동일 교수의 4분법 장르론에서 사용된 '교술'(敎述)이라는 용어와 그 가리키는 대상이 대체로 합치한다. 다만 '서술' 장르라고 해서 반드시 교훈적인 것은 아닌바, 이 점에서 '교술'이라는 단어의 '교'(敎) 자는 다소 적절하지 못한 게 아닌가 여겨진다. 그래서 '교술'이라는 말을 쓰지 않고 '서술'이라는 말을 쓴다. 조동일 교수의 장르론은 『한국소설의 이론』(지식산업사, 1977) 참조.

조금 전 경기체가가 질탕한 풍류의식 같은 것을 곧잘 드러낸다는 지적을 했는데, 경기체가가 갖고 있는 이런 장르적 속성을 꿰뚫어보고서 이를 비판한 인물이 있으니 퇴계 이황이 바로 그다. 잠시 이황의 말을 들어 보기로 하자.

「한림별곡」같은 것은 문인의 입에서 나와 긍호방탕(矜豪放蕩)한 데다 설만희압(褻慢戱狎)하니 군자가 숭상할 게 아니다.[3]

「도산십이곡발」(陶山十二曲跋)의 한 대목이다. 이황은 경기체가의 성격을 '긍호방탕'(矜豪放蕩)과 '설만희압'(褻慢戱狎)이라는 두 마디 말로 요약하고 있다. '긍호'(矜豪)란 호방하게 으스대는 것을 이르는 말이고, '방탕'(放蕩)이란 질탕한 것을 이르는 말이며, '설만'(褻慢)이란 무례하고 방자한 태도를 이르는 말이고, '희압'(戱狎)이란 농지거리하며 버릇없이 구는 태도를 이르는 말이다. '방탕'이라든가 '설만'이라든가 '희압'이라는 단어는 남녀관계에 적용될 경우 '음란'(淫亂) 혹은 '음설'(淫褻)의 의미를 지닐 수 있다. 이 인용문을 통해 이황은 경기체가가 사대부 문인들의 방탕하고 으스

---

2 물론 모든 시조가 다 그런 것은 아니다. 시조에 따라서는 한자어나 명사를 좀더 많이 구사하는 것도 있을 수 있고, 즉물성(卽物性)을 보여주는 것도 있을 수 있으며, 훈민시조(訓民時調)처럼 '서정'이라기보다 '서술'처럼 보이는 것도 있다. 이런 점들은 인정되나, 그럼에도 '일반적'으로 보아 경기체가와 시조는 위에서 지적한 바와 같은 본질적 차이를 갖는 게 아닌가 생각된다.

3 "翰林別曲之類, 出於文人之口, 而矜豪放蕩, 兼以褻慢戱狎, 尤非君子所宜尙." 「陶山十二曲跋」, 『陶山全書』 3(한국정신문화연구원, 1980), 294면.

대는 마음 및 단정치 못하고 방자한 태도를 보여주는 노래로 보았다는 사실을 알 수 있다. 다시 말해 경기체가를 사대부 문인의 자긍심과 질탕한 풍류의식을 담고 있는 노래로 본 것이다. 그리하여 이황은, 이런 노래는 "군자가 숭상할 게 아니다"라고 단정하면서 그 대안이 되는 노래로서「도산십이곡」을 짓는다고 했다. 주지하다시피「도산십이곡」은 연작 시조다. 이황이 지은「도산십이곡」은 온유돈후(溫柔敦厚)하며, 산수 속에서 심성을 닦고 학문을 연마하는 선비의 흥취가 노래되고 있다.

시조가 모두 이황의「도산십이곡」처럼 도학적 지향을 갖는 것은 아니며, 또 그래야 하는 것도 아니다. 이황의 시조는 오히려 예외적인 것이다. 그렇기는 하지만, 이황의 경기체가에 대한 비판 및 그 대안으로서의 시조 창작은 두 장르의 본질에 대한 이해를 돕는다는 점에서, 그리고 이황의 시대에 이르러 사림(士林)의 선비들이 경기체가를 어떻게들 평가했는지 그 일단을 엿보게 해준다는 점에서 흥미롭다. 경기체가에 대한 이황의 생각은 그 혼자만의 생각이 아니라 사림파 선비들의 생각을 선취적(先取的)으로 대변한 것일 수 있다. 이황이 살았던 16세기 중반기는 훈구파와 사림파의 헤게모니 싸움이 아직 진행 중이었지만, 사상사(思想史)의 대세는 사림파 쪽으로 굳혀져 가고 있었다. 그리하여 이 시기에 조선 유학은 주자학을 자기대로 내면화하면서 심성론을 더욱 심화시킴으로써 '조선주자학'이라 할 만한 것을 만들어 가고 있었다. 이른바 '도학'의 시대가 도래한 것이다.

경기체가와 시조는 모두 사대부의 노래다. 그렇건만 이황이 경기체가는 배격하면서 시조에서 군자의 노래로서의 가능성을 읽어 낸 것은, 조선 사대부의 미학이 새로운 단계로 들어서고 있음을 뜻하는 것이라 판단된다. 고려 말 이래 16세기 중반까지 사대부 계층은 경기체가와 시조라는 두 가지 장르를 이용해 자기 내부에 존재하는 두 개의 의식상태와 미적 지향을 표현해 낼 수 있었다. 이 두 개의 의식상태는 한편으로 상반되면서도 한편으로는 상호보완적인 것이었다. 그리하여 사대부 계층은 자신의 질탕한 풍류의식, 긍호(矜豪), 대상에 대한 찬양은 경기체가를 통해 표현하고, 자기 내면의 소회(所懷)와 고민이라든가 대상을 자아화함으로써 고조되는 흥취와 이념성은 시조를 통해 표현할 수 있었다. 하지만 이러한 오랜 장르적 공존은 16세기 중반 무렵이 되면 더 이상 유지되기 어려운 상황이 되어 가고 있었던 것으로 여겨진다. 앞에 인용한 이황의 말은 이 점에 대한 증좌(證左)가 아닐까 한다. 왜 그렇게 되었을까? 우선, 사대부 계급의 변모 과정에 유의하지 않으면 안 된다.

16세기에는 사림 세력이 사대부 계급의 헤게모니를 장악해 가고 있었다. 이 사림 세력은 고려 말의 사대부층이나 15세기 선초(鮮初)의 사대부층과는 그 체질이 상당히 달랐다. 이 세력은 이전의 사대부들보다 주자학을 훨씬 더 내면화함으로써 의식과 생활을 일치시켜 갔으며, 미의식 역시 그에 부합시켜 갔다. 그 결과 화려하거나 잡스럽거나 방탕한 것을 혐오하고, 담박하거나 절제되어 있거나 단정한 것을 선호하는 미적 취향을 갖게 되었다. 이런 취향이라면 경기체가는 배척되고 시조가 선호될 수밖에 없다. 4음보의 안정된 율격에다 초장·중장·종장의 3장으로 구성된 시조의 형식은 이미 형식 자체에 담박과 절제와 단정의 미학이 담겨 있다. 더군다나 종장의 초구(初句) 세 글자로 초장과 중장을 수렴함과 동시에 의상(意想)의 전환을 통해 전편을 깔끔하게 마무리 짓는 시조의 종장 미학은 사림 측 사대부들의 심의경향(心意傾向)과 미의식에 너무나 잘 부합되는 것이었다. 이런 점에서 보면 경기체가에 대한 이황의 비평은 한국 장르사에서 경기체가가 이제 소멸의 운명에 처했음을 고하고 있음에 다름 아니다. 조만간 헤게모니를 잡게 될[4] 사림의 선비들이 혐오하게 된 장르가 살아남을 수는 없는 일이었다. 이리하여 고려 말부터 16세기까지의 긴 기간 동안 사대부의 시가(詩歌) 장르로 공존해 왔던 경기체가와 시조는, 이후 하나는 시가사에서 탈락하고 하나는 계속 발전해 가는 쪽으로 운명이 엇갈리게 되었다.

시조의 본령은 개인의 심회를 노래한 데 있지만, 조선시대에는 백성을 훈계하면서 윤리의식을 고취하기 위해 창작된 시조들도 있었다. 이른바 훈민시조가 그것이다. 개인의 심회를 노래한 시조들 역시 유교적 미의식과 이념에 바탕해 있기는 마찬가지지만, 훈민시조는 그 내용성에 있어 보다 직접적으로 유교와 관련을 맺

---

4 사림 측은 선조조(宣祖朝)에 이르러 완전히 헤게모니를 장악하게 된다.

고 있다.

'가사'는 고려 말경 불교의 포교를 위한 목적으로 승려에 의해 처음 창작되었다고 보는 것이 통설이다. 하지만 조선시대에 들어와 사대부들이 이 장르의 작품을 많이 짓게 됨에 따라 가사는 사대부문학의 한 주요한 장르로 바뀌었다. 가사는 중국의 부(賦)에 비견될 수 있는 장르로서, '서정'이라기보다는 '서술'에 가깝다. 이 점에서는 경기체가와 통하는 점이 있다. 그렇기는 하나 가사는, 경기체가가 사물과 명사를 외면적으로 쭉 나열하고 있는 것과 달리 우리말 서술어를 적절히 활용하면서 사물과 마음이 상호교섭하는 과정을 잘 드러내 보여준다. 다시 말해 경기체가가 '정(情)/경(景)'의 관계에서 '경'(景)을 주로 제시하고 있다면, 가사는 정경교융(情景交融)을 보여준다고 할 만하다. 적어도 이 점에서 가사는 장르적으로 시조와 통하는 점이 없지 않다. 그러나 시조처럼 언어 구사가 고도로 절제되어 있지는 않다는 점, 비록 4음보의 율격을 취하고 있기는 하나 '서정'이라기보다는 '서술'에 가까운 담화 방식을 보여준다는 점 등에서 큰 차이가 있다. 따라서 장르론적으로 본다면 가사는 경기체가와 통하는 점도 있고 시조와 통하는 점도 있으나 그 어느 것하고도 같지는 않으며, 경기체가와 시조의 중간쯤에 위치하고 있는 게 아닌가 하는 생각이 든다.

가사는 그 창작 양상에 있어 조선 전기와 조선 후기 간에 큰 차이가 있다. 조선 전기에 창작된 가사가 사대부 가사의 전형을 잘 보여준다면, 조선 후기의 가사는 여성 등으로 작자층이 확대될

뿐더러 그 형식에 있어서도 서사성이 강화되는 경향이 보인다. 가사 장르와 유교의 관련성은 사대부 가사에서 특히 잘 드러난다. 조선 전기 사대부 가사의 대표작은 송강(松江) 정철(鄭澈, 1536~1593)이 지은 「성산별곡」, 「관동별곡」, 「사미인곡」, 「속미인곡」 등인데, 앞의 두 작품이 경치에서 느끼는 감흥과 흥취를 잘 표현해 놓았다면, 뒤의 두 작품은 이른바 '충신연군지사'(忠臣戀君之詞)로서, 임금을 향한 작자의 단심(丹心)을 드러내고 있다. 정철의 작품들에서 알 수 있듯 사대부 가사는 크게 두 가지 지향을 갖는다. 하나는 경치 혹은 외부의 사물에 대한 작자의 감흥을 정경융합적(情景融合的) 방식으로 서술하는 것이고, 다른 하나는 자신의 소회를 펼쳐 보이거나 절실한 사연을 하소연하는 방식으로 서술하는 것이다. 전자의 경우 자연이나 대상에서 느끼는 흥취가 잘 드러나고, 후자의 경우 주정토로(主情吐露)가 두드러진다. 하지만 두 경우 모두 사대부의 유교적 미의식 및 정신세계와 깊은 관련을 맺고 있다.

한편, 조선 후기에는 계녀가(誡女歌)라는 새로운 종류의 가사가 등장했다. 계녀가는 시집간 여자의 도리를 조목조목 자세히 서술해 놓고 있는바, 유교의 가부장제가 반가(班家) 여성에게 강요한 규범이 잘 드러난다.

5
유교와 국문소설

1. 국문소설이 창작된 것은 조선 후기, 즉 17세기 이후의 일이다. 조선 후기는 소설의 시대라고 할 수 있을 만큼 많은 소설이 창작되었다. 특히 이 시기는 국문소설이 소설을 주도해 나간 특징을 갖는다. 그렇기는 하나, 애초 국문으로 창작된 소설이 나중에 한문으로 번역되기도 하고 애초 한문으로 창작된 소설이 나중에 국문으로 번역되기도 한 것이 이 시대에 흔한 현상이었음을 감안한다면, 국문소설과 한문소설을 지나치게 엄격히 나누어서 고찰하기보다는 상황에 맞게 통합적으로 살필 필요가 있다. 특히 장편소설의 경우 이러한 접근법이 요망된다.

　조선 후기에 창작된 국문소설은 대단히 다채롭지만 여기서는 다만 특히 주목되는 몇몇 역사적 하위장르와 그 작품들에 대해서만 검토하기로 한다. 그럴 경우 단편소설로는 영웅소설과 판소리계소설이, 장편소설 혹은 준(準)장편소설로는 『구운몽』과 『사씨남정기』가, 대(大)장편소설로는 『소현성록』 연작이나 『완월회맹연』 등의 가문소설이 주목된다.

국문영웅소설은 중간계급에 속한 분자들이 창작했을 가능성이 높다. 조선 후기 사회는 상업의 발달과 신분제의 변화에 따라 상당히 넓은 대역(帶域)의 중간계급이 형성되어 가고 있었다. 이 계급에는 중인, 역관, 아전만이 아니라, 서얼, 어중간한 양반, 몰락한 양반, 무변, 한량, 별관배(別官輩), 왈짜, 겸인(傔人), 일정한 지식을 소유한 채 시정(市井) 공간에서 서식한 부류 등 다양한 분자들이 포함되어 있었다. 이들은 그 의식이나 행위에 있어 일반 양반과도 구별되고 일반 서민과도 구별되었지만, 신분적으로 이 둘 사이에 위치했기에 이 둘 모두에 대해 비교적 잘 알고 있었다. 중간계급은, 진짜 양반이 보면 양반이 아니라고 여겨도 일반 서민이 보면 양반 같은 존재일 수 있었다. 국문영웅소설은, 고급 지식은 아니되 어느 정도의 지식을 소유하고 있음과 동시에 거칠고 비속한 서민적 감수성과 언어감각을 몸에 지닌 사람이 창작한 것이 분명한데, 이런 사람은 중간계급에 속한 분자일 수밖에 없다고 여겨진다. 그런 사람이 꼭 몰락양반이라고만 못 박을 것은 없고,[1] 몰락양반을 포함하여 일정한 지식을 소유한 채 시정 공간에서 서식한 존재라면 작자가 될 수 있는 개연성이 없지 않다.

국문영웅소설에 대해 논하면서 작자에 대한 논의부터 시작한 것은 국문영웅소설의 장르적 성격이 작자와 긴밀히 연관되기 때

---

1 국문영웅소설의 작자층을 몰락양반으로 본 연구로는 서대석, 『군담소설의 구조와 배경』(이화여자대학교 출판부, 1985)이 대표적이다.

문이다. 국문영웅소설은 그 문체나 상상력, 어조를 분석해 보면 제대로 된 양반이 지은 작품이 아니라는 점을 알 수 있다. 가령 가장 유명한 국문영웅소설 작품의 하나인『유충렬전』을 보면, 그 속에는 비속한 말이 나오기도 하고 임금을 우스꽝스럽게 그리고 있는 대목도 보인다. 이런 부분은 제대로 된 양반이 일부러 그랬다고 보기 어려우며, 작자가 그런 감수성과 언어감각을 지닌 사람이었기 때문에 나타난 결과라고 해야 할 터이다. 국문영웅소설은 이처럼 문체의 비속성과 서민적 상상력을 보여주지만 그럼에도 몇 가지 점에서 유교와 연관을 맺고 있다. 첫째, 입신양명(立身揚名)을 그리고 있다는 점이다. 입신양명이 유교에서 얼마나 중히 여기는 가치인지는 달리 설명이 필요 없을 줄 안다. 영웅소설은 모두 주인공이 전쟁에서 큰 공을 세워 임금에게 인정을 받아 높은 벼슬에 오른다는 구조를 취하고 있다. 둘째, 충(忠)을 강조하고 있다는 점이다. 국문영웅소설의 주인공들은 나라가 위난(危難)에 처하자 분연히 떨쳐 일어나 나라를 위기에서 구한다. 이 점에서 영웅소설의 주인공들은 충의 이념을 체현하고 있다. 셋째, 충신과 간신의 대립, 선과 악의 대립을 이원적(二元的)으로 설정하고 있다는 점이다. 이러한 이원적 설정은 비록 통속적인 것이긴 하지만 유교적 사유방식을 반영하고 있다고 할 만하다.

국문영웅소설 중에는 여성이 주인공인 작품도 여럿 있다. 이른바 여성영웅소설이다. 이런 작품들이라고 해서 위에서의 지적을 벗어나는 것은 아니지만, 여성영웅소설 나름의 특수성도 없지 않으므로 여기서 따로 조금 언급할까 한다. 여성영웅소설은 남성영웅소설과 달리 작품 전개에서 '열'(烈)이 중요한 모티프가 된다. 그리고 이 '열'은 '충'과 연결된다. 이처럼 열과 충이 결합된다는 점이 여성영웅소설의 독특한 면모이다.

이처럼 적어도 형식적으로 본다면 남성영웅소설이든 여성영웅소설이든 통속적인 차원에서 유교적 이념을 잘 구현해 놓고 있다고 볼 수 있다. 하지만 단순히 그렇게만 볼 것은 아니다. 영웅소설은 유교적 질서가 내부적으로 도전받고 있던 시대의 소산이다. 영웅소설에는 이러한 시대현실이 일정하게 반영되어 있다. 영웅소설의 작품구조 안에서 현실과 유교적 이념 사이에는 상당히 큰 분열과 간극이 간취되곤 하며, 유교적 질서는 종종 헝클어진 표상을 보여준다. 여성영웅소설에서 여성 영웅이 사적(私的)인 영역에 머물지 않고 적극적으로 공적(公的)인 영역에 진출하는 것 역시, 비록 열이나 충이라는 유교 이념을 구현하는 과정이라고는 하나, 기실 유교적 질서를 내파(內破)하는 행위에 다름 아니다.[2] 이렇게 본다면, 영웅소설은 형식적으로 유교 이념에 기대어 축조 (築造)되고 있고 또 궁극적으로 유교 이념을 재생산하는 면모를 갖는다는 점을 부정할 수는 없지만, 그와 동시에 유교 이념에서 이탈하면서 금지된 욕망을 꿈꾸거나 이완된(혹은 헝클어진) 유교적 질서를 반영하고 있기도 하다. 영웅소설이 유교와 관련해 이런 모순적 양면을 갖는다는 점은 특별히 유의될 필요가 있다.

'판소리계소설'은 공연예술 장르의 하나인 판소리의 사설이 정착된 소설을 이르는 말이다. 현재 전해지는 판소리계소설로는 『춘향전』, 『심청전』, 『흥부전』, 『토끼전』, 『배비장전』, 『장끼전』, 『옹고집전』 등이 있다. 이 가운데 유교와의 관련이 직접적으로 문제가 되는 작품은 『춘향전』, 『심청전』, 『흥부전』, 『토끼전』 네 작품이다. 『춘향전』은 열(烈)을 내세우고 있는 것처럼 보이고, 『심청전』은 효(孝)를, 『흥부전』은 형제간의 우애를, 『토끼전』은 충(忠)을 내세우고 있는 것처럼 보인다. 하지만 이렇게만 본다면 피상적이다. 이 네 작품이 유교와 어떤 관련을 맺고 있는 것은 분명해 보이지만, 그 관련 방식은 저마다 조금씩 다르며, 작품에 따라서는 대단히 뒤틀려 있거나 복잡한 양상을 드러내고 있다.

우선 『춘향전』은 춘향의 열녀로서의 면모를 부각시키고 있으나 작중인물 춘향은 전통적인 의미에서의 열녀가 아니다. 즉, 춘향은 여성을 억압하는 유교적 이념으로서의 열(烈)을 실천하고 있는 인물이 아니라, 오히려 그 반대로 열이라는 관념을 이용해 억

2 이런 점에서 특히 『부장양문록』과 『방한림전』이 주목된다. 『부장양문록』은 꼭 여성영웅소설은 아니나 복수의 여성 주인공들 가운데 하나가 여성 영웅이라는 점에서 여성영웅소설을 논의하는 자리에서 함께 다루어도 무방하다고 생각된다. 이들 작품에서 여성 영웅인 장수정금이나 방한림은 열(烈) 따위는 아예 구현하고 있지 않으며, 그들이 구현하고 있는 충(忠)이라는 것도 충 자체에 목적이 있다기보다 여성의 사회적 실현, 즉 공적 영역에서의 여성의 자기실현을 위한 외피(外皮)로서의 성격이 강하다. 이 점에서 이들 작품은 남존여비의 이데올로기를 내세워 여성의 사회활동을 막아 온 조선의 유교적 질서를 내파하는 의미를 분명히 갖고 있다. 그렇긴 하나, 이들 작품은 적어도 그것이 궁극적으로 추구하는 가치가 유교적 부귀공명의 획득에 있다는 점에서는 유교적 이데올로기를 재생산하고 있다고 하지 않을 수 없다. 『부장양문록』에 대해서는 정병설, 「여성영웅소설의 전개와 '부장양문록'」, 『고전문학연구』 19, 2000 참조.

압과 순종에 반대하면서 인간해방을 요구하고 있는 인물이다. 이처럼 『춘향전』은 그 표방된 유교 이념과 실제 구현된 이념 사이에 크나큰 편차가 존재한다. 실제 구현된 이념은 단순히 유교 이념을 정당화하고 있다기보다는 그것을 내파(內破)해 가고 있는 측면이 없지 않다.

『토끼전』 역시 유사한 면모를 보여준다. 이 작품에 등장하는 자라는 충의 구현자다. 자라는 충을 실현하기 위해 백방으로 노력한다. 하지만 실제 작품에서 자라의 충은 조롱되거나 희화화되고 있다. 자라는 임금에게 이용만 당하고 있으면서도 그걸 모른 채 임금을 위해 멸사봉공하고 있으니 어리석기 짝이 없는 인물이라 할 수 있다. 이처럼 『토끼전』은 충을 표방하는 것처럼 보이면서도 실제 구현하고 있는 것은 지배이념의 핵심이라고 할 '충'의 기만성에 대한 폭로이다.

『흥부전』은 해피엔딩으로 끝나고 있어 형제간의 우애를 강조하고 있는 것처럼 보이나, 실제 작품에 구현되어 있는 것은 돈(재물) 앞에서는 인륜도 형제도 없다는 비정한 현실세계의 논리이다. 다시 말해, 『흥부전』은 형제간의 우애라는 인륜성 자체를 긍정하고 있다기보다는 그러한 인륜성이 실제의 현실에서 얼마나 취약한가를 드러내 보이고 있다고 할 만하다.

『심청전』은 전편(全篇)에 걸쳐 심청의 효를 부각시키고 있다. 지고지순한 심청의 효는 작품에 고도의 비장미를 부여하여 독자에게 깊은 감동을 준다. 이 점에서 유교적 이념이 작품 내에서 작동되는 방식은 앞에 거론한 세 작품과는 다소 다르다.

『심청전』은, 온갖 모순에도 불구하고 효는 견지되어야 하며, 견지될 만한 가치가 있다는 메시지를 전달하고 있다. 『심청전』 역시 그 속에 '효'의 정당성에 대한 물음과 회의의 시선이 없는 것은 아니나, 그럼에도 인륜성으로서의 '효'가 부정되거나 희화화되는 데까지 이르지는 않는다. 많은 장애가 있지만 효는 끝내 긍정된다. 그러므로 네 작품 가운데 『심청전』이, 표방된 이념과 구현된 이념 사이의 편차가 가장 작다고 할 수 있다.

판소리계소설은 민중의 입말을 바탕으로 하면서도 상층에서 쓰던 한자어들도 적극적으로 수용하고 있다. 이 점에서 판소리계소설은 상하층의 언어와 문화의식 및 이념이 뒤섞여 있으며, 이것들이 상호 충돌하면서 복수(複數)의 시선과 다성적(多聲的)인 목소리를 빚어내고 있다. 이런 점에서 위에서 거론한 네 작품은 상층의 유교적 지배이념을 민중층이 어떻게 받아들이고 있었는지를 살피는 데 도움이 된다.

국문영웅소설과 판소리계소설은 단편소설에 속하지만, 17세기 후반이 되면 장편소설도 창작되기 시작하였다. 이 시기에 창작된 장편소설(혹은 준장편소설)로는 『구운몽』, 『사씨남정기』, 『창선감의록』 등이 있다. 이들 작품은 모두 비록 초기 장편소설(혹은 준장편소설)에 속하지만 한국 고전장편소설의 장르적 특성을 잘 구현하고 있다. 이 세 작품은 각기 제 나름의 특색을 지니고 있지만, 그 문체가 퍽 전아하다는 점에서 공통점을 보인다. 이 문체는 식

견과 교양을 갖춘 사대부층의 것이다. 이 점에서 이들 장편소설은 영웅소설이나 판소리계소설의 문체와는 썩 다르다.

세 작품 가운데서도 『구운몽』은 상층 사대부(=벌열층閥閱層)의 욕망과 꿈을 가장 잘 펼쳐 보이고 있다. 남자 주인공 양소유는 여덟 명의 여성을 2처 6첩으로 거느릴 뿐만 아니라, 출장입상(出將入相)하는 영예를 누린다. 『구운몽』이 구현하고 있는 세계상(世界像)은 조화롭고 화락하다. 남녀 주인공들은 그 직분에 충실한바, 누구도 분수 밖의 일을 하는 법이 없다. 이 때문에 처첩 간의 갈등이나 부부 갈등 같은 것은 나타나지 않는다. 이 점에서 이 작품은 유교적 가부장제의 이념을 대단히 잘 구현하고 있다고 할 만하다.

『창선감의록』은 이상주의가 두드러진 작품이다. 군자와 소인 간의 대립과 갈등, 선과 악의 대립과 갈등에도 불구하고 종국에는 선이 악을 이기며 군자가 소인을 감싸안는다는 설정이 이 작품의 기본 구도다. 선이 악을 이긴다는 설정이야 대부분의 고전소설이 보여주는 것이니 그리 특별할 것이 없지만 군자가 소인을 감싸안는다는 설정은 예사로운 것이 아닌바, 바로 여기서 이 작품의 이상주의적 면모가 약여히 드러난다. 이 이상주의는 '이'(理)를 선차시(先次視)하는[3] 주자학적 이기이원론에서 기인하는 것으로 보인다.

---

3 '주리적'(主理的)이라는 말을 피해 이 말을 쓴다.

『소현성록』, 『완월회맹연』 등의 대장편소설은 방금 언급한 초기 장편소설에 비해 분량이 한층 확대되어 있고 둘 이상의 가문을 대상으로 이야기를 병렬적으로 펼쳐 나가는 수법을 특징적으로 보여주지만, 경화세족(京華世族)의 언어를 구사하고 있다는 점에서는 초기 장편소설과 차이가 없다. 대장편소설은 대개 복수의 가문 내 구성원들이 서로 얽히면서 혼맥(婚脈)을 이루고, 안팎으로 갈등에 휩싸이다가, 궁극적으로는 가문의 번영과 창달(暢達)로 귀결되는 구성을 취한다. 이 점에서 대장편소설은 '가문소설'로서의 면모를 강하게 갖는다. 대장편소설에 삼대록(三代錄)이나 연작(連作)의 형식이 많음도 이와 무관하지 않다.

대장편소설은 임병(壬丙) 양란(兩亂) 이래의 17세기 조선 사대부 사회, 특히 상층 벌열에 나타난 가문의식의 강화를 반영하고 있으며, 현실 속에 가문의식을 확대재생산하는 데 기여하고 있다. 조선 사회는 17세기 이전과 이후 간에 가부장제의 성격 및 남녀의 사회경제적 역학관계에 있어 큰 차이를 보여준다. 17세기 이후가 되면 이전의 남녀균분(男女均分) 상속제가 깨어지고 적장자(嫡長子) 상속제가 서서히 확립되어 간다.[4] 이에 따라 이 시기에 '적통'(嫡統) 혹은 '가통'(家統)의 문제가 대단히 중요한 문제로 대두된다. 『소현성록』이나 『완월회맹연』 등 17세기 말 이후 등장하

---

4 이 점은 마르티나 도이힐러 지음, 이훈상 옮김, 『한국 사회의 유교적 변환』(아카넷, 2003; 원서의 제목은 *The Confucian Transformation of Korea*이고, Harvard University Press에서 1992년 출판됨), 266·317면 참조.

는 대장편소설에서 적통의 문제라든가 효의 문제가 전면에 부각되곤 하는 것은 이런 역사적 맥락과 관계가 있다. '효'란 수직적 관계 위에서 성립되는 덕목으로, 가문을 순조롭게 이어가는 데 필수적인 것이다. 대장편소설에서 효는 때때로 부부간의 애정과 갈등을 빚는다. 그럼에도 대장편소설에서 효는, 적어도 이념적으로는, 제일의적(第一義的)인 위치에 있다. 가문의 유지와 효는 불가분리적인 관계에 있음으로써다. 또한 대장편소설에서 '충'의 이념은 종종 악의 세력에 의해 좌절되곤 하지만, 그럼에도 '충'은 궁극적으로 가문의 현창(顯彰)과 번영에 있어 핵심적 추동력이 된다. 이 점에서, 대체로 개인에 초점이 맞춰져 있는 영웅소설의 '충'과 가문에 초점이 맞춰져 있는 대장편소설의 '충'은 상당한 의미 차이가 있다.

  2. 영웅소설, 장편소설, 대장편소설은 대부분 중국을 배경으로 삼고 있다. 이 점에서 이들 소설은 대체로 자국(自國)을 공간적 배경으로 삼고 있는 전기소설이나 판소리계소설과 대비된다. 중국을 배경으로 삼고 있는 소설들에서 주목되는 것은 중국과 비(非)중국을 화이론적(華夷論的)으로 엄별하고 있다는 사실이다.
  영웅소설의 주인공들은 남성 영웅이든 여성 영웅이든 변방에서 반란을 일으킨 야만족을 토벌하기 위해 출전하여 큰 공을 세우는 것으로 설정되어 있다. 이 점은『구운몽』같은 장편소설이나 『소현성록』 같은 대장편소설의 남자 주인공도 매일반이다. 『옥루몽』 같은 작품에서는 이민족의 왕이 야만적이기만 한 것이 아니라 아주 사악한 존재로 그려져 있다. 이 경우 반란이나 침략을 일삼는 변방의 오랑캐들은 대체로 북방의 이민족 아니면 서방이나 남방의 이민족으로 상정되게 마련이다. 동방의 이민족이라 할 한족(韓族)은 제외되어 있다. 영웅소설 등이 보여주는 이런 '중심/주변'의 공간인식과 '화(華)/이(夷)'에 대한 가치론적 평가는 17세기 이래 조선 사회를 지배했던 소중화(小中華) 사상이라는 허위의식과 무관치 않을 터이다. 말하자면, 중국이 만들어 낸 중화사상이라는 이데올로기를 우리 스스로 내면화하여 다시 타자(他者)에게 적용한 것이라 할 수 있다. 유교는 중국에서 만들어진 사상으로, 그 속에는 중국중심적 혹은 중화주의적 지향이 내재해 있다. 이런 화이론적 관점은 조선 사대부들이 늘 암송했던 유교 경전들인 『시경』, 『서경』, 『춘추』, 『논어』, 『맹자』, 『중용』에 스며들어 있다. 뿐만 아니라 조선의 국가 이데올로기였던 주자학은 태생적으로 화이론적 요구가 대단히 강렬한 사상이었다. 그러므로 영웅소설이나 대장편소설 등에서 극히 속화(俗化)된 형태로 나타나는 저 화이론은 유교, 특히 주자학에 바탕을 둔 조선적 사상 풍토, 조선적 문화틀을 반영하고 있다고 해석해도 좋을 것이다.

그렇다면 한국 고전소설 가운데 이런 화이론의 틀을 거부한 작품은 없는 것일까? 예외적인 것이기는 하나, 없지는 않다. 『최고운전』과 『전우치전』이 그런 작품들이다. 『최고운전』은 16세기 말에 창작된 한문소설이고 『전우치전』은 그보다 조금 늦은 17세기 초쯤에 창작되었을 것으로 추측되는 한글소설인데, 두 작품 모두 전기소설의 자장이 일정하게 감지되기는 하나 전기소설과는 사뭇 다른 감수성을 보여준다. 즉 전기소설과 달리 민중층의 상상력과 감수성이 반영되어 있다. 이들 작품은 특히 16세기 민중층의 일각에 저류(底流)하고 있던 해동도가(海東道家)의 사상 내지 문화의식에 바탕해 있다고 생각된다. 요컨대 유교 내지 주자학과는 다른 사상에 기대고 있는 작품들인 셈이다. 이 두 작품은, 비록 그 주인공에게 영웅적 면모가 없는 것은 아니나, 작품의 지향과 틀, 사상적 기반에 있어 영웅소설과 **본질적으로 다르다.** 작품이 보여주는 자기의식(自己意識)과 사상적 풍모에 걸맞은 일이라고 여겨지지만, 이 두 작품은 어떤 소설 장르에도 잘 귀속되지 않으며, 홀로 섬처럼 떠 있다는 느낌이다. 어떤 장르 속에도 구겨 넣어지지 않는다는 이 점이 이 두 작품의 특이성이자 존재본질일지 모른다. 이 점에서 이 두 작품, 특히 『최고운전』은 대단히 매력적이다. 한편, 두 작품은 화이론에 심각한 회의를 제기하는 정도가 아니라, 화이론을 단호하게 거부하고 있다. 그리하여 중국의 황제는 희화화되거나 우스꽝스런 존재로 끌어내려지고, 큰 나라라고 거들먹거리는 중국의 행태가 비판되고 있다.[5] 이런 작품들은 유

---

5 작품의 이본에 따라 다소 차이가 있지만 여기서는 중국에 대한 강한 대타의식(對他意識)을 보여주는 이본들을 염두에 두고 논의를 전개한다.

교에서 설정한 틀을 받아들이면서 창작된 대다수 고전소설들의 특징과 한계를 유교 **바깥의** 시선으로 정시(呈示)하고 있다는 점에서 소중하다.

『최고운전』의 주인공은 중국의 화이론을 거부하고 있을 뿐만 아니라, 국내 지배권력과도 불화를 보여준다. 그래서 주인공은 마침내 은거하여 종적을 감추어 버리고 만다. 『최고운전』이 보여주는 이런 면모는 주목을 요한다. 위에서 살핀 영웅소설이나 대장편소설 등의 장르적 특징과 한계를 거시적으로 살필 수 있는 또 다른 준거점(準據點)을 제공해 주기 때문이다. 단적으로 말해 영웅소설이나 장편소설 등에서는 이런 반지배적 면모, 즉 현존하는 지배의 틀이나 체제의 틀을 벗어나는(혹은 벗어나려는) 면모를 좀처럼 발견하기 어렵다. 크게 보아 작품은 주어진 체제라는 틀 내에서 전개될 뿐, 그 틀 밖으로 나오는 법이 없다. 그렇기는커녕 궁극적으로 그 틀을 온존시키거나 정당화하는 쪽에 서 있게 마련이다. 이 점에서 영웅소설 등의 장르는, 설사 각 장르들 혹은 각 작품들 간의 편차를 인정한다손 치더라도, 본질적으로 보수적인 성향을 띠고 있다고 말할 수 있다.[6] 이 점은 이들 장르 독자층의 문화의식이나 사회·정치적 의식수준과도 관련이 있을 터이다.

그런데 영웅소설 등의 장르가 보여주는 이런 일반적 면모에서

---

6 17세기에 형성된 초기 장편소설과 그에 이어지는 대장편소설의 보수적 이데올로기에 대해서는 정길수, 『한국 고전장편소설의 형성 과정』(돌베개, 2005)에서 심도 있는 논의가 이루어졌다.

벗어난 국문소설이 하나 더 있어 주목을 요한다. 『홍길동전』이 그것이다. 『홍길동전』은 영웅소설적 면모를 일정하게 갖고 있다고 지적되기도 하지만, 보통의 영웅소설과는 같지 않다. 영웅소설의 일반문법과 달리 이 작품은 비판적인 태도로 사회적 의제를 설정하고 있으며, 이를 바탕으로 서사(敍事)를 전개해 나가고 있다. 이 점에서 이 작품은 그 본질에 있어 영웅소설이 아니다. 『홍길동전』은 불온하게도 지배체제에 도전하고 있지만, 그렇다고 해서 유교적인 틀을 완전히 벗어난 것은 아니다. 반항아 홍길동이 율도국의 왕이 되었다는 것은, 유교의 틀 밖으로 잠시 나왔던 홍길동이 다시 유교의 틀 안으로 들어온 것을 의미한다. 이 점에서 이 작품은 서얼을 차별하는 조선식 유교에 반발하면서 값진 이의를 제기했기는 하지만 그렇다고 해서 『최고운전』이나 『전우치전』처럼 유교의 바깥에 있는 것이 아니라, 여전히 유교와 모종의 관련을 맺고 있다고 할 수 있다.

       3. 하지만 영웅소설, 장편소설, 대장편소설 등이 유교하고만 관련을 맺고 있는 것은 아니다. 이들 장르는 도교 및 불교와도 관련을 맺고 있다. 천정(天定), 숙연(宿緣), 전생(前生)과 내세(來世), 조력자로서의 도사(道士), 천상계(天上界)와 지상계(地上界)의 연관 등에서 그 점을 확인할 수 있다. 하지만 이들 장르에서 도교적 혹은 불교적 요소는 유교를 비판하거나 유교에서 벗어

나기 위해 동원되고 있다기보다는 유교와 잘 결합되어 유교적 이념을 보완하는 역할을 하고 있다고 판단된다. 이 점에서, 이들 장르에서 두루 발견되는 도교적 혹은 불교적 요소는 서사의 방법과 장치로서는 퍽 중요하나, 작품의 주제를 결정짓는 '이념'의 차원에서 본다면 부수적이거나 장식적인 경우가 대부분이다.[7] 달리 말해, 유교가 작품의 의미망에 '내적'으로 관여하고 있다면, 도교 등은 '외적'으로 관여하고 있을 뿐이다. 또한 도교적 내지 불교적 연관들은 종종 유교의 이념이나 예법에 잘 부합되지 않는 남녀 주인공의 결연이나 애정관계에 '운명'의 외관을 부여하고 있다는 점에서, 유교를 의식한 일종의 미봉책으로 볼 수도 있다.[8] 따라서 이들 장르의 도교적 혹은 불교적 요소는 『최고운전』을 그 기저에서부터 떠받치고 있는 도가 사상과 동렬에서 논할 수 없다. 이들 장르들은 기본적으로 유교 '안'에 있으며, 『최고운전』은 유교 '밖'에 있음으로써다.

앞서, 영웅소설 등의 장르가 이념적으로 유교의 지배'틀'을 벗

---

7 물론 『구운몽』 같은 작품은 해석하기에 따라서는 이런 지적을 벗어난다. 이런 예외를 닫아 놓는 것은 아니다.

8 남녀 애정관계를 다룬 한국 고전소설에서 천정(天定), 숙연(宿緣), 전생(前生), 적강(謫降) 등의 개념이 남녀의 주체적 애정 실현을 유교적으로 미봉하고 합리화하는 작용을 하고 있음은 야마다 교코(山田恭子), 「17~19세기 한국과 일본의 남녀 애정관계 비교 연구─소설과 희곡을 중심으로」(서울대학교 박사학위 논문, 2006)에서 자세히 검토되었다. 야마다 씨의 연구에 의하면, 유교의 영향이 한국처럼 두드러지지 않은 일본의 경우 애정관계를 다룬 소설에서 천정이나 적강 모티프는 일체 발견되지 않으며, 숙연이나 전생이 강조되지도 않는다.

어나지는 못했다고 평가한 바 있지만, 이는 어디까지나 '큰 틀'의
차원에서 한 말이다. 그 중요성을 감안할 때 큰 틀을 간과해서는
안 될 일이지만, 그렇다고 해서 큰 틀만 갖고 말할 것은 아니다.
그럴 경우 자칫 거대담론의 맹점에 함몰될 수 있기 때문이다. 사
실 큰 틀 속에는 무수히 많은 '작은 공간'들과 '틈새'들이 존재할
수 있다. 그러므로 이 작은 공간과 틈새의 영역에서 어떤 일이 벌
어지고 있는지에 대해 주목할 필요가 있다. 큰 틀이 주로 공적 영
역, 혹은 정치적·사회제도적·인륜적 영역과 관련되어 있다면, 작
은 공간이나 틈새는 주로 사적 영역, 혹은 일상적 영역과 관련되
어 있다.

　소설은 본질적으로 사적 영역이 강조되는 장르이긴 하나, 조선
후기의 소설 장르 중에서도 대장편소설은 특히 인물들의 일상이
라든가 부부관계의 서술에 큰 비중을 두고 있다. 그리하여 전쟁
이나 조정의 일이나 사회생활과 관련된 일이나 인륜·도덕 등에
대한 '큰 서사'보다는 애정의 문제나 욕망의 문제 등과 관련된
'작은 서사'가 집중적으로 탐구되고 있다. 주목해야 할 점은, 이
작은 서사들에 종종 유교의 경계 밖으로 나가고자 하는 지향이
내재해 있다는 사실이다. 이런 미세한 점에 유의한다면, 대장편
소설은 유교와 관련해 구심력과 원심력이라는 두 가지 힘이 작용
하고 있으며, 일률적으로 말할 수는 없지만 대체로 이 두 가지 힘
가운데 구심력 쪽이 훨씬 더 크다고 할 수 있지 않을까 한다. '작
은 서사'라 할지라도 그 속에 새로운 이념이나 의식(意識), 현실을

전복하는 계기가 내포되어 있을 경우 현존하는 지배틀 자체를 내파하는 것이 될 수 있을 터이다. 하지만 대장편소설은 아직 그런 정도는 못 되었던 것으로 보인다. 그러므로 작은 서사가 갖는 의의는 그것대로 주목해야 마땅하지만 그렇다고 그것을 실제 이상으로 과장하는 일은 극도로 경계하지 않으면 안 된다.

6
유교와 한국문학의
시대별 장르체계

이 글은 조선시대를 논의의 중심에 두고서 논지를 전개해 왔
다. 조선은 유교를 이념적 기초로 삼은 사대부 계급이 이끈 나라
였고, 이 점에서 유교와 관련된 한국 고전문학의 장르들은 조선
시대에 가장 발전했을 뿐만 아니라 가장 풍성한 성과를 내놓았기
때문이다. 물론 사대부 계급은 고려 후기 이래 형성되어 왔으므
로 왕조를 넘어 고려시대의 사대부 계급과 조선시대의 사대부 계
급은 서로 연속되는 측면이 없지 않다. 이런 이유에서 이 글은 조
선시대를 중심으로 하되 고려 후기의 장르들에 대해서도 함께 살
피는 관점을 취하였다.

하지만 이러한 접근법은 두 가지 점에서 한계를 갖는다. 하나
는 유교와 한국문학의 관계를 통사적(通史的)으로 해명하지 못했
다는 점이고, 다른 하나는 시대별 장르체계의 고려 위에서 유교
와 한국문학의 관계를 조망하지 못했다는 점이다. 이제 이 장에
서는 지금까지의 논의가 갖는 한계를 보완함과 동시에 좀더 확장
된 역사적 전망에 이르기 위해 통시적인 맥락에서 유교와 한국문

학 장르체계 사이의 관계를 검토하고자 한다.

이 글에서는 편의상, a.삼국·통일신라시대, b.고려 전기, c.고려 후기, d.조선 전기, e.조선 후기, 이 다섯 시기로 나누어 논의를 전개한다.

a. 삼국·통일신라 시대

삼국 시대의 문학 작품은 남아 있는 것이 그리 많지 않다. 신라에는 향찰(鄕札) 표기의 '향가'라는 서정시가 있었다. 신라의 향가는 진성왕(眞聖王) 2년(888)에 『삼대목』(三代目)이라는 책으로 편찬되기도 했다. 향가는 이 책의 제4장에서 지적했듯 불교를 사상적 배경으로 삼고 있다.

신라 신문왕(神文王) 2년(682)에 국학(國學)을 세웠다든가, 원성왕(元聖王) 4년(788)에 독서삼품(讀書三品)의 제도를 만들어 유학을 좀더 체계적으로 교육하기 시작했다는 점 등으로 미루어 7, 8세기 이후에는 한문학 장르의 글들이 꽤 활발히 지어졌을 것으로 짐작되나 전하는 작품은 그리 많지 않다. 비록 지금 전하지는 않지만, 김대문(金大問, 7세기 말~8세기 전반기)이 지었다는 『계림잡전』(鷄林雜傳), 『고승전』(高僧傳), 『화랑세기』(花郎世紀), 『한산기』(漢山記) 등의 책은 이 시기의 장르 상황을 짐작하는 데 도움이 된다. 『계림잡전』은 설화를 기록한 책이 아닐까 싶고, 『고승전』과 『화랑세기』는 전기(傳記)에 해당하는 책일 터이며, 『한산기』는 지리서(地理書)로 짐작된다. 이들 저작은 8세기 초 전후에 쓰인 것으로 추정된다. 한편 당나라에 유학한 최치원(崔致遠, 857~?)이 신라에 돌아와 쓴 글도 유의할 만하다. 그런 글로서 주목되는 것은 사산비명(四山碑銘),[1] 『선사』(仙史), 『수이전』(殊異傳) 등이다. 최치원은 헌강왕(憲康王) 10년(884)에 귀국했으니, 이들 글의 창작 시기는 그 이후가 될 것이다. 사산비명은 불교와 관련된 글이고, 『선사』는 선도(仙徒＝화랑)의 역사를 서술해 놓은 책일 것으로 추정되며, 『수이전』은 주로 우리나라 설화를 기록해 놓은 책이지만 전기소설에 해당하는 글도 일부 포함되어 있는 것으로 추정된다.

김대문과 최치원의 글쓰기에서 주목되는 점은, 불교적인 내용의 글이 있는가 하면, 풍류도적(風流道的) 내용의 글도 있고, 내용 자체는 딱히 유교적이지 않더라도 유교적인 글쓰기 전통과 연결되는 것들이 보인다는 사실이다.[2] 사산비명과 『고승전』이 첫 번째에 해당한다면, 『화랑세기』와 『선사』는 두 번째에 해당하고, 『수이전』·『계림잡전』·『한산기』는 세 번째에 해당한다. 자국의 설화를 기록한 『수이전』이나 『계림잡전』은 후대 사대부층의 패설적

---

1 최치원이 왕명을 받아 창작한 네 편의 비명(碑銘), 즉 「무염화상비명」(無染和尙碑銘), 「진감화상비명」(眞鑑和尙碑銘), 「지증화상비명」(智證和尙碑銘), 「대숭복사비명」(大崇福寺碑銘)을 통칭하는 말이다.

2 최치원이 신라에 돌아온 후 쓴 글 중에는 당연히 유교적인 글도 아주 많았을 것이다. 특히 그가 한때 왕명(王命)을 받들어 표(表)나 장(狀) 등 중국에 보내는 외교문서 작성을 전담했음에 유의해야 한다. 이런 글들의 일부가 1926년 편찬된 『고운선생문집』(孤雲先生文集)에서 확인된다.

(稗說的) 글쓰기와 연결되고, 『한산기』는 통치와 관련해 인문지리에 깊은 관심을 쏟았던 유교의 글쓰기 전통과 연결된다.[3]

이상의 사실을 종합하면서 약간의 일반화를 시도해 본다면, 신라의 서정시는 향찰 표기의 향가와 한자 표기의 한시가 공존했는데, 통치의 필요성 때문에 지배층이 점점 더 한문학을 받아들이는 방향으로 나아가고 게다가 중국에서 공부하고 돌아온 문인들(이른바 견당유학생遣唐留學生)이 점점 늘어남에 따라 신라 하대(下代)로 갈수록 한시가 점하는 위상이 커져 갔으리라 생각된다. 한편, 산문의 영역에서는 불교적 내용을 갖는 한문표기의 글쓰기, 유교적 내용을 갖는 한문표기의 글쓰기, 풍류도적 내용을 갖는 한문표기의 글쓰기가 공존했던 게 아닌가 생각된다. 신라 말경에 발생한 것으로 추정되는 전기소설은 극히 뒤에 와서야 산문 장르체계의 말석에 끼일 수 있었을 것이다. 하지만 이 시기의 전기소설은 신라 사회의 사상적 기반을 고려할 때 불교와의 연관성이 컸을 것으로 여겨진다.[4]

신라 사회는 기본적으로 불교와 풍류도에 의해 규정되는 사회였지만 하대로 갈수록 유교의 영향력이 점점 확대되어 간 게 아닌가 생각된다. 신라 문학의 장르체계는 이런 사상적 추이를 반

---

3 한편 생각하기에 따라서는, 사산비명과 『고승전』, 『화랑세기』도, 그 내용은 불교 내지 풍류도(風流道)와 관련되지만, 그 형식 및 장르관습에 있어서는 유교적 글쓰기의 전통과 연결되어 있다고 볼 수 있을 것이다.
4 이 시기에 창작된 전기소설인 「호원」(虎願=김현감호金現感虎), 「조신전」(調信傳)은 모두 불교와의 관련성을 보여준다.

영하고 있는 것으로 보인다. 그 결과 신라 말로 갈수록 유교적 글쓰기의 전통과 연결되거나 유교적 문화의식에 입각한 장르의 글들이 좀더 활발히 창작되지 않았나 생각된다.

b. 고려 전기

고려는 창업자 왕건(王建)이 남긴 「훈요」(訓要) 10조에서 볼 수 있듯 불교를 존숭한 나라였다. 그렇긴 하나 고려는 신라 사회에 비해 유교를 더 깊숙이, 그리고 더 많이 받아들였다. 고려 초 광종(光宗) 때 시행된 과거제도로 이러한 변화가 가속화되었다. 신라의 독서삼품제(讀書三品制)와 달리 고려는 본격적인 과거제도를 통해 인재를 등용하였다. 이 제도로 인해 유교는 지배층의 이념과 글쓰기에 큰 영향을 미치게 되었다.

고려 전기에도 향찰 표기의 향가가 계속 창작되었다. 「보현시원가」(普賢十願歌), 「도이장가」(悼二將歌) 같은 작품을 통해 그 점을 확인할 수 있다. 그렇긴 하지만 이 시기 향가는 내리막길에 있었으며, 신라시대의 향가가 보여준 높이에 이르지 못했다. 향가와는 대조적으로 한시는 융성일로(隆盛一路)에 있었다. 한시는 문인만이 짓지 않고 승려도 자신의 불교적 깨달음을 선시(禪詩)로 표현하곤 하였다.

고려 전기의 문인이나 사신(詞臣)은 비록 유교적 교양의 습득 위에서 문필 활동을 했지만 사대부라기보다는 귀족적 체질을 지닌 사람들이었다. 이들은 한문학의 여러 장르 가운데 특히 한시에서 큰 성취를 보여주었다.

산문의 경우, 문종(文宗) 29년(1075)에 혁련정(赫連挺, 11세기 말~12세기 초)이 지은, 고승(高僧)의 전기(傳記)인 「균여전」(均如傳)이 우선 주목된다. 신라 말에 처음 등장한 전기소설은 고려 초에도 계속 창작되었는데, 「최치원」과 같은 작품에서 확인되듯 장르적으로 좀더 진전된 모습을 보여준다. 고려 전기 최대의 산문 작가는 『삼국사기』(三國史記)를 편찬한 김부식(金富軾, 1075~1151)이라고 할 수 있을 터이다. 『삼국사기』 열전(列傳)은, 「온달전」(溫達傳) 등에서 볼 수 있듯, 고문(古文)의 필치를 보여준다. 또한 『삼국사기』 열전은 충(忠)이나 효(孝), 열(烈) 등 유교적 덕목을 체현한 인물들을 이상화해 놓고 있다. 김부식의 문(文)은 조선 전기에 국가적인 사업으로 편찬된 선집인 『동문선』(東文選)에 꽤 여러 편이 수록되어 전하는데, 공식적 장르라 할 표전(表箋)에 해당하는 글이 대부분이다. 그 외 주목되는 장르로는 명(銘, 2편), 찬(贊, 1편), 기(記, 1편), 의(議, 1편), 소(疏, 5편) 등이 있다. 이들 장르에 속하는 작품들의 제목을 보이면 다음과 같다.

명(銘) 「도솔원 종명」(兜率院 鍾銘), 「홍천사 종명」(興天寺 鍾銘)

찬(贊) 「화쟁국사 영찬」(和諍國師 影贊)

기(記) 「혜음사 신창기」(惠陰寺 新創記)

의(議) 「대외조의」(待外祖議)

소(疏)「금광명경도량소」(金光明經道場疏),「소재도량소」(消災道場疏), 「속리산점찰회소」(俗離山占察會疏),「전대장경도량소」(轉大藏 經道場疏),「홍왕사 홍교원 화엄회소」(興王寺 弘敎院 華嚴會疏)

「대외조의」 1편을 제외하고는 모두 불교적 내용의 글이다. 특히 소(疏)[5]는 전부 임금을 위해 대찬(代撰)한 글이다. 자신의 생활 주변을 유가적(儒家的) 필치로 적은 글은 보이지 않는다. 『동문선』 은 비록 선집(選集)이기는 하나 김부식의 글쓰기 양상을 일정하게 반영하고 있다고 보아도 좋을 것이다.

이상의 사실을 통해 볼 때, 고려 전기의 지배층은 불교를 존숭 하면서도 한문학을 적극적으로 발전시켜 나갔다. 그에 따라 불교 적 내용의 글이 널리 지어지는 한편, 유교적 이념에 기반을 둔 글 쓰기도 활발하게 이루어졌다. 이 시기의 문인들은 후대의 사대부 와 달리 불교에 대해 적대적이거나 배타적이지 않았다. 김부식 의 사례에서 잘 드러나듯 유교적 글쓰기와 불교적 글쓰기는 아 무 갈등 없이 공존하고 있다. 고려 전기의 문헌 역시 남아 있는 것 이 그리 많지 않아 장르별 글쓰기의 양상을 자세히 살피기는 어 렵다. 장르체계의 전반적인 양상과 추이를 대강 짐작만 할 수 있 을 뿐이다.

---

5 '소'(疏)는 '도량소'(道場疏)라고도 하는데, 부처를 경축(慶祝)하는 글이다.

c. 고려 후기

고려 전기 문학은 귀족 문인이 주도한 반면, 고려 후기 문학은 사
대부 문인이 주도하였다. 고려 후기 사대부층의 선구(先驅)는 무
신란 이후 중앙정부에 진출한 일단의 문인들에서 찾을 수 있다.
「한림별곡」에 등장하는 인물들이 대개 그에 해당하는데, 대표적
인 인물로 이규보(李奎報)를 들 수 있다. 이후 사대부층은 지속적
으로 성장하여 고려 말에 커다란 세력을 이루었다.

　이규보의 글쓰기 및 장르적 관심이 고려 전기의 김부식과 어떤
차이를 보이는지 알기 위해서는 『동문선』에 수록된 이규보의 글
을 살피는 게 도움이 된다.[6] 이규보는 문집이 전하고 있지만 논의
의 공평성을 위해서는 문집이 아니라 『동문선』을 통해 김부식과
비교하는 게 적절하다.

　김부식과 마찬가지로 이규보 역시 여러 편의 표전(表箋)을 지었
으며, 임금을 위해 소(疏)라든가 도량문(道場文)[7]을 여러 편 대찬(代
撰)했음이 확인된다. 소나 도량문은 모두 불교적인 내용의 글이
다. 이규보는 이런 글 외에도 다음에서 보듯 아주 다양한 장르의
글을 썼다.

---

6 시는 빼고 문(文)만 논한다.
7 '도량문'(道場文)은 부처에게 복을 비는 글이다.

잠(箴) 4편 / 명(銘) 10편 / 송(頌) 5편 / 찬(贊) 16편 / 문(文) 3편 / 서(書) 47편 / 기(記) 21편 / 서(序) 7편 / 설(說) 12편 / 논(論) 7편 / 전(傳) 4편 / 발(跋) 6편 / 변(辨) 1편 / 의(議) 5편 / 잡저(雜著) 11편 / 제문(祭文) 12편 / 애사(哀詞) 4편 / 뇌(誄) 3편 / 비명(碑銘) 3편 / 묘지(墓誌) 11편

잠(箴)과 명(銘)에 해당하는 글은 대부분 유자(儒者)의 삶과 관련된 내용들이다. 송(頌)에 해당하는 글은 불교와 관련된 것도 있고, 국가대사(國家大事)와 관련된 것도 있다. 찬(贊)에 해당하는 글은 불교와 관련된 것도 있고, 그림에 대한 선비 취향을 보여주는 것도 있으며, 도교와 관련된 것도 있다.[8] 문(文)[9]은 모두 유자의 의식을 담고 있다. 서(書)는 불승(佛僧)에게 보낸 것도 있고, 관리나 지인(知人)에게 보낸 것도 있으며, 몽고의 관인(官人)에게 보낸 것도 있다. 기(記)는 불교와 관련된 것도 있고 유자로서의 삶과 관련된 것도 있는데, 후자가 훨씬 더 많다. 서(序)는 불승에게 써 준 송서(送序)도 있고, 관리나 지인에게 써 준 송서도 있으며, 책의 서문도 있다.[10]

---

8 도교와 관련된 것은 1편이다.
9 여기서의 '문'은 산문의 한 장르 이름이다. 따라서 '시문'(詩文)이라고 할 때의 '문'과는 다르다. '문'이라는 장르는, 혹 초사(楚辭)를 본뜨기도 하고 사륙변려문(四六騈儷文)을 취하기도 하는데, 신(神)에게 빌거나, 무엇을 저주하거나, 누군가를 풍자할 때 사용한다(吳訥·徐師曾, 『文章辨體序說·文體明辨序說』, 台北: 長安出版社, 1978, 137면 참조). 『동문선』에는 이규보가 쓴 이 장르의 글이 3편 실려 있는데, 다음이 그것이다:「반오(斑鰲)에게 명하는 글」(命斑鰲文),「쥐를 저주하는 글」(呪鼠文),「시마(詩魔)를 내쫓는 글」(驅詩魔文).
10 책의 서문은 1편이다.

한편, 설(說)에 해당하는 글은 이치와 시비를 따진 것들인데, 대부분 유자의 삶과 의식이 반영되어 있다. 논(論)에 해당하는 글은 중국의 고사(故事)나 역사와 관련된 일을 소재로 하여 시시비비를 논한 것들인데, 모두 유자적(儒者的) 관점이 표명되어 있다. 전(傳)은 가전(假傳)이 2편, 사전(私傳)이 1편, 탁전(托傳=자전自傳)이 1편인데, 모두 유자적 의식을 보여준다. 발(跋)은 그림이나 책이나 남의 글 뒤에 쓴 것인데, 모두 선비의 취향을 보여준다. 변(辨)은 어떤 문제에 대해 분변(分辨)한 글인데, 유자로서의 의식을 잘 드러내고 있다. 의(議)에 해당하는 글은 특정한 사실이나 중국의 역사서(歷史書)나 시(詩)에 대해 논의한 것인데, 모두 유교적(儒敎的) 성격을 띤다. 잡저(雜著)에 해당하는 글은 아주 잡다한바, 중국 역사서의 서술을 논박하거나, 중국 문인의 어떤 주장에 대해 논평하거나, 자신의 생각을 문답 형식으로 서술한 것 등등인데, 모두 유자적 의식을 보여준다.

그런가 하면, 제문(祭文)은 불승에 대한 것이 1편 있긴 하나 대부분 친지 아니면 환로(宦路)에 있던 지인을 위해 쓴 것들이다. 애사(哀詞)는 불승을 대상으로 한 것이 1편이고 나머지 3편은 친지를 위한 것이다. 뇌(誄)는 모두 종실(宗室)이나 고관(高官)을 애도해 쓴 글이다. 비명(碑銘)은 3편 모두 불교와 관련된 내용이다. 묘지(墓誌)는, 어려서 죽은 자식을 위해 쓴 글이 1편 있고, 나머지는 모두 환로에 있던 인물을 위해 쓴 글이다.

이상의 분석을 통해 다음과 같은 몇 가지 사실을 알 수 있다.

첫째, 이규보의 글쓰기는 김부식과 마찬가지로 불교적인 것과 유교적인 것의 혼재를 보여준다. 하지만 전체적으로 볼 때 불교적인 내용보다는 유교적인 내용의 글이 더 많은 것으로 보아 유교적 글쓰기에 더 비중이 있는 것으로 판단할 수 있다.

둘째, 아주 다양한 장르에서 글쓰기가 이루어지고 있다. 이 가운데 잠, 명, 설, 논, 전, 변, 잡저, 묘지 등은 모두 유교적 의식과 취향을 담는 장르로 정립되고 있음을 보여준다. 김부식이 쓴 명은 모두 불교적인 것이었던 데 반해, 이규보에 와서 명은 유교적 성격의 장르로 성격이 바뀌었다.[11] 이규보는 가전(假傳)도 쓰고 자전(自傳)도 썼는데, 가전에는 사물의 전거(典據)와 계보(系譜)에 대한 유자(儒者)의 유별난 관심에 기초한 유희적(遊戲的) 문예취향이 반영되어 있으며, 자전에는 새로 부상한 사류(士類)의 긍지와 자의식이 담겨 있다. 한편, 잡저 가운데는 문대(問對) 장르의 글이 몇 편 보이기 시작해 주목되는바, 세계와 물(物)의 근원에 대한 철학적·형이상학적 물음이 이를 통해 제기되고 있다. 이규보의 글쓰기에서는 시비를 따지고 분변하는 것을 목적으로 삼는 장르가 상당한 비중을 차지하고 있다. 설, 논, 변, 잡저 등이 그런 장르이다. 이 점은 김부식의 글쓰기 내지 장르선택과 크게 다른 점으로, 전대의 귀족과는 상이한 의식과 체질을 지닌 사대부 이규보의 면

---

11 기(記) 역시 이규보에 와서 불교보다 유교적 관련을 더 갖는 장르가 되고 있음을 간취할 수 있다.

모를 반영하고 있는 것으로 판단된다.

셋째, 시화(詩話)에 해당하는 글이 보인다. 의(議)에 해당하는 글 중의 「왕문공국시의」(王文公菊詩議)나 「이산보시의」(李山甫詩議)는 실제로는 시화(詩話)라고 할 수 있다. 이규보의 시화적(詩話的) 글쓰기는 후대에 나온 시화서(詩話書)인 『파한집』(破閑集) 및 『보한집』(補閑集)과 연결된다. 시화적 글쓰기는 사대부의 생활을 반영하는 것이라는 점에서 주목을 요한다.

지금까지 이규보를 예로 들어 고려 후기 한문학의 장르 상황에 대해 일별했지만, 고려 말에 오면 사대부층이 더욱 확고한 사회 세력으로 자리잡게 되고 이에 따라 유교적 글쓰기는 이규보의 시대에 비해 전반적으로 더욱 강화되는 양상을 보여준다.

고려 후기는 사대부에 의해 유교적 문화의식이 강화되어 간 시기이기는 하나, 그렇다고 해서 이 시기 사대부의 풍상(風尙)이 온통 모화적(慕華的)이었던 것은 아니다. 그 점은 이규보나 이색(李穡) 같은 인물에게서 잘 확인된다. 이규보는 「동명왕편」(東明王篇) 같은 영웅서사시를 지어 민족의 독자성을 강조했고, 이색 역시 중화 문명을 적극적으로 받아들이면서도 글쓰기에서 고려 사대부로서의 주체적 면모를 보여주고 있다. 자국의 역사와 문화에 대한 이런 주체적 자세는 일연(一然, 1206~1289) 같은 불승에게서도 발견되는바, 『삼국유사』(三國遺事)는 그 점에서 이 시기의 중요한 문학적 성과라 할 만하다.

고려 후기에는 한문학만 융성했던 것이 아니라, 고려가요·경

기체가·시조·가사 등 우리말 노래도 성행하거나 새로 발생하였
다. 고려가요는 앞서 지적한 대로 유교와는 별 관련이 없으며, 경
기체가와 시조는 사대부가 창안해 낸 장르로서 유교와 밀접한 연
관을 갖는다. 가사는 불승에 의해 창안된 장르로 추정되는데, 이
시기에는 후대와는 달리 유교가 아니라 불교와 밀접한 연관을 맺
고 있다. 한편, 그리 활발했던 것은 아니나 고려 후기에는 한문소
설도 창작되었다. 「김천」(金遷)이나 「연화부인」(蓮花夫人) 같은 작
품을 통해 그 점을 확인할 수 있다.[12] 특히 「연화부인」의 작자 이
거인(李居仁, ?~1402)은 고려 말의 사대부층에 속하는 인물인데,
적어도 현재 확인되는 바로는 한국문학사상 최초의 사대부 소설
작가이다. 「김천」은 효를 주제로 삼고 있어 유교와 관련이 있지
만, 「연화부인」은 유교와 별 관련이 없다.

　이상에서 논의된 것을 바탕으로 고려 후기의 장르 상황을 정
리해 본다면 다음과 같다: 고려 왕조가 불교를 국시로 삼은 만큼
고려 후기에도 불교와 관련된 글쓰기가 널리 이루어졌다. 하지
만 고려 후기에 새로운 사회계층으로 사대부가 부상함에 따라
유교적 글쓰기의 비중이 이전에 비해 훨씬 강화되어 갔다. 이런
흐름은 고려 말로 갈수록 더욱 뚜렷해진다고 보인다. 한시 장르
는 사대부 지배층은 물론이려니와 불승도 즐겨 지었으며, 한문

---

12 이들 작품에 대해서는 박희병, 『한국한문소설 교합구해』(韓國漢文小說 校合句解, 소명
　출판, 초판 2005, 제2판 2007)의 해당 작품 뒤에 붙어 있는 해제를 참조할 것.

산문은 다양한 장르의 글들이 사대부들의 지적·생활적 요구를 충족시키기 위해 창작되었다. 한문학 장르 가운데에는 불교와 유교 양쪽 모두와 연관을 보여주는 장르도 있지만, 주목되는 것은, 유교와의 연관**만**을 보여주든지 혹은 **주로** 유교와의 연관을 보여주는 장르들이 나타나고 있다는 사실이다. 이는 특정 작가의 차원에 국한된 현상이 아니라 이 시기의 일반적 경향으로 보인다. 한편, 우리말 노래로는 고려가요, 경기체가, 시조, 가사, 네 장르가 존재하였다. '가시'(歌詩)라고도 부를 수 있을 이 네 장르 중 경기체가와 시조는 사대부의 정신적 특질과 미의식을 그 형식·내용·구조에 있어 잘 구현하고 있으며, 바로 이 점에서 유교적이다.

d. 조선 전기

조선은 주자학이라는, 유교 가운데서도 아주 독특한 면모를 갖는 사상을 기반으로 건국되었다. 건국의 주체는 고려 말의 사대부층이다. 고려 말의 사대부들 가운데서도 특히 역성혁명(易姓革命)의 노선으로 나아간 사람들이 조선 건국의 핵심 세력이었다. 정도전(鄭道傳, ?~1398)에게서 볼 수 있듯, 이들 세력은 척불(斥佛)을 주장하면서 성리학을 국가의 기본 이념으로 삼고자 하였다. 하지만 조선이 건국되고 나서 얼마 지나지 않아 지배층은 다시 두 개의 세력으로 나뉘어 오랫동안 권력 투쟁을 벌였다. 한쪽은 먼저 권력을 장악한 이른바 훈구(勳舊) 세력이고, 다른 한쪽은 지방에서 새로 중앙 권력에 진출한 이른바 사림(士林) 세력이었다. 훈구 세력이든 사림 세력이든 유교를 신봉한다는 점에서는 차이가 없었다. 하지만 사림 세력은 수신(修身)과 치국(治國)의 양 영역에서 모두 주자학을 엄격하게 고수해야 한다는 입장을 취했으므로 훈구 세력이 보여준 온건한(사림파의 눈으로 볼 때는 '불철저한') 이념적 입장에 강한 불만을 품을 수밖에 없었다. 이런 입장 차이는 훈구파의 글쓰기와 사림파의 글쓰기에 차이를 낳음과 동시에 양측의 장르선택 내지 장르선호(選好)에도 얼마간 영향을 미친 것으로 보인다.

훈구파와 사림파의 대립이야 어찌되었건, 조선에 들어와 한문학과 유교의 관련성은 이전과는 비교할 수 없을 정도로 커졌다. 이는 고려와 달리 조선이 유교를 국시로 삼았기 때문이다. 그리하여 마침내 한문학은 유교를 기반으로 성립되고, 유교는 한문학을 통해 자기를 실현하는 그런 긴밀한 관계가 구축되기에 이르렀다. 한문학은 불교와도 관련을 맺고 유교와도 관련을 맺던 것을 탈피해 이제 주로 유교와 관련을 맺게 되었다. 그에 따라 시문(詩文)의 창작에서 온유돈후(溫柔敦厚)와 문이재도(文以載道)가 각별히 강조되었다. 물론 조선시대에도 불승들에 의한 한문학적 글쓰기의 전통이 한편에서 꾸준히 이어져 갔지만, 그것은 어디까지나 주변적인 것에 불과했으며, 유교에 기초한 한문학적 글쓰기가 대세를 이루었다고 할 수 있다.

조선 전기에는 시조와 가사가 더욱 발전하였다. 시조는 고려 말기 발생할 때부터 사대부의 미의식과 이념을 담는 장르로 출발했지만, 가사는 원래 불승이 대중에게 불교 이념을 전파하기 위한 장르로 시작되었다. 하지만 조선 전기에 이르러 가사는 사대부의 장르로 전환되었다. 가사는 4음보로 쭉 이어지기 때문에 마음을 외물(外物)에 부쳐 기술적(記述的)으로 길게 노래하기에 용이한데, 사대부층은 가사의 이런 장르적 특성을 간파하고 그것을 자신의 미적·이념적 욕구를 충족시키는 장르로 삼았던 것이다. 그러므로 사대부가 창작한 가사는 직접 간접으로 유교적 이념에 기반을 두고 있다.

조선 전기에는 시조·가사와 함께 경기체가도 계속 창작되었다. 이 시기 경기체가 중에는 불승이 지은 작품도 없지는 않으나[13] 전체적 판도에서 보면 예외적인 것이라고 할 수 있으며, 사대부가 창작한 것이 주류를 이룬다.

한시는 전대의 전통을 이어 지배층의 문학 활동에서 가장 주요한 장르의 하나로 자리잡았는데, 주목되는 것은 이 시기에 들어와 악부시(樂府詩) 창작이 현저히 늘어나,[14]『동도악부』(東都樂府)라는 단행본의 성격을 띠는 시집이 출현하기까지 했다는 사실이다. 악부시는 관풍찰속(觀風察俗)을 위하여 짓는다는 기분으로 창작되

---

13 조동일,『한국문학통사』2(제3판: 지식산업사, 1994), 314~315면 참조.
14 죽지사(竹枝詞)도 이 속에 포함시킬 수 있다.

는 시인데, 악부시 창작이 늘어났다는 것은 민(民)에 대한(그리고 민풍民風에 대한) 사대부의 관심이 증대되었음을 의미한다.[15] 요컨 대 이 시기에 악부시에 대한 관심이 늘어난 것은 유교 본연의 애 민적 정신[16]이 작동한 결과로 해석된다.

이 시기에는 고려 후기 사대부 문학의 흐름을 계승하여 다양한 장르의 한문산문들이 활발히 창작되었다. 정통 산문의 영역에서 는 말할 것도 없거니와 비정통 산문에서도 많은 성과들이 쏟아졌 다. 비정통 산문과 관련해서는 우선 필기(筆記), 패설(稗說), 시화 (詩話)가 주목된다. 필기, 패설, 시화는 고려 말에 성립된 『파한 집』이나 『보한집』, 『역옹패설』(櫟翁稗說) 같은 책에 이미 보이지 만, 조선 전기에 들어와 보다 본격적이면서 대대적인 글쓰기가 이루어졌다. 『필원잡기』(筆苑雜記), 『용재총화』(慵齋叢話), 『패관잡 기』(稗官雜記), 『청파극담』(靑坡劇談), 『동인시화』(東人詩話) 같은 책 을 그 주요한 성과로 거론할 수 있다. 이들 장르는 사대부의 신변 사나 한사(閑事), 취미생활 등을 폭넓게 기술하고 있을 뿐만 아니 라, 일반 백성의 풍속이나 설화에 대해서도 적극적인 관심을 쏟 고 있다. 필기가 주로 사대부 주변의 일을 자유로운 필치로 기록

---

15 박혜숙, 「조선 전기 악부시 연구」(『한국문화연구』 13, 서울대 한국문화연구소, 1992) 참 조.

16 유교 본연의 애민적 정신이 의의만이 아니라 뚜렷한 한계를 갖는다는 사실에 대해서도 유의해야 할 것이다. 유교의 애민정신은 백성을 통치의 대상으로 전제함으로써만 성립 된다. 이 점에서 그것은 백성에 대한 수탈을 완화하여 지배를 영속화하기 위해 고안된 '부드러운' 지배의 한 방책이다.

하고 있다면, 패설은 주로 민간의 풍속이나 설화를 비교적 윤색 없이 기술하고 있으며, 시화는 주로 시에 대한 평이라든가 시 창작과 관련된 일화를 서술하고 있다. 이 세 장르는 각각 독립된 것이면서도 서로 밀접한 연관을 갖는다. 사대부들은 이들 장르를 통해 정통 산문에서 요구되는 규범성과 격식을 벗어나 자유로운 필치로 생활 주변의 일이라든가 견문이라든가 지적·문예적 관심사를 기록할 수 있었다.

필기, 패설, 시화와 인접해 있는 비정통 산문 장르인 소화(笑話)는 조선 전기에 출현하였다. 서거정(徐居正, 1420~1488)의 『태평한화골계전』(太平閑話滑稽傳) 같은 책이 초기 소화집(笑話集)에 해당한다. 이 장르는 내용적으로는 유교와 아무 관련이 없지만, 적어도 장르 발생의 배경만큼은 유교와 모종의 관련이 없지 않다. 즉, 소화 장르는 유교적 예교(禮敎)에 따라 생활하고 글을 써야 했던 사대부들이 갖고 있던 긴장 이완의 욕구를 반영하고 있다고 보인다. 이런 장르를 통해 사대부들은 유교적 엄숙주의로부터 잠시 벗어날 수 있었을 터이다. 그러므로 비유적으로 말해, 정통 산문 장르들이 만인 좌시하에 있는 백주(白晝)의 장르라고 한다면, 필기와 시화는 한가한 오후의 장르쯤 될 것이며, 패설은 황혼 녘의 장르이고, 소화는 은밀함에 의해 지배되는 밤의 장르라 이를 만하다. 혹은 다른 각도에서 말한다면, 정통 산문 장르와 필기·시화 등이 유교의 정(正)의 면(面) 내지 양지(陽地)에 대응한다면, 패설과 소화는 유교의 부(負)의 면(面) 내지 음지(陰地)에 대응한다고

할 수 있을지 모른다.[17]

조선 전기의 비정통 산문 장르로는 이외에도 전기소설(傳奇小說), 몽유록(夢遊錄), 가전체 산문(假傳體 散文) 등이 있다. 전기소설은 이 시기에 김시습이 『금오신화』(金鰲新話)를 창작하면서 비약적인 발전을 이루었다. 『금오신화』에서 보듯 이 시기 전기소설은 유교적 은유를 내포하고 있는 측면과 유교에서 일탈해 욕망을 추구하는 측면을 동시에 갖고 있다. 몽유록 장르는 조선 전기에 성립되었다. 가전체 산문은, 가전은 아니지만 가전의 수법으로 창작된 의인체 산문을 가리킨다. 가전체 산문 중에는 유희적 기분으로 쓴 작품도 없지 않지만, 임제(林悌, 1549~1587)의 「수성지」(愁城志)나 김우옹(金宇顒)의 「천군전」(天君傳)처럼 유교적 문제의식 내지 성리학적 심성론(心性論)과 밀접한 관련을 맺고 있는 작품도 있다.

한편, 대체로 훈구파 인물들(혹은 훈구파적 취향을 지닌 인물들)이 패설이나 소화 등의 장르에 적극적 관심을 보였다면, 사림파 인물들은 이런 장르의 글쓰기 행위에 대해 퍽 비판적이었다.[18] 사림파 인물들은 이런 장르의 글쓰기가 점잖지 못하거나 도를 싣고 있지 못하며, 따라서 선비에게 어울리지 않는다고 보았던 것 같

---

17 '유교의 부(負)의 면(面) 내지 음지(陰地)'라는 표현은, 유교와 내용적으론 별 관련이 없다 할지라도 적어도 발생론적으론 유교와 유관함을 지적하기 위한 것이다.
18 시화나 필기는 사정이 좀 다른 것 같다. 특히 필기는 사림파와 훈구파가 모두 활발한 글쓰기를 보여주고 있다. 다만 그 지향을 달리할 뿐이다. 사림파의 필기는 훈구파의 그것에 비해 훨씬 단정하고 점잖은 기조를 보여준다.

다. 유교적 엄숙주의의 표방이다.

전기소설을 대하는 태도도 마찬가지다. 16세기 초 채수(蔡壽, 1449~1515)라는 훈구파 문인은 「설공찬전」(薛公瓚傳)이라는 신이 (神異)한 내용의 소설을 창작한 바 있는데, 당시 사림파 언관(言官) 들은 채수가 황당무계한 소설을 지어 풍속을 어지럽힌다고 집요 하게 공격함으로써 마침내 그를 유배 보내고 소설을 수거해 불태 우기에 이른다. 이 사건에는 권력 투쟁의 측면도 없지 않지만, 그 와 동시에 훈구파와 사림파라는 두 정치세력의 문학적 입장 내지 취향의 차이가 개입되어 있다는 점이 주목된다.[19]

이상의 논의를 바탕으로 조선 전기의 장르 상황을 정리한다면 다음과 같다: 조선 전기에 들어와 문학과 유교는 이전과는 비교 할 수 없을 정도로 밀착된 관계를 보여준다. 우리말 노래 장르인 시조, 가사, 경기체가는 저마다 사대부의 의식과 이념을 구현하 고 있으며, 한시는 온유돈후의 미학을 기조로 하여 창작되었다. 산문 장르에서는, 유교 이념을 기반으로 한 정통 산문이 대단히 다채롭고 활발하게 창작되었다. 비정통 산문 장르도 큰 성취를 보여주었는데, 필기·패설·시화·소화라든가 전기소설·몽유록· 가전체 산문 등이 전대(前代)의 전통을 이어 더욱 활기차게 창작 되든가 새로 출현하였다. 이들 비정통 산문 장르들과 유교의 관 련은 일률적으로 말하기 어렵다. 어떤 것은 장르 전체 차원에서

---

19 이 점에 대해서는 박희병, 『한국고전 인물전 연구』(한길사, 1992), 121면 참조.

유교와 관련을 맺고 있기도 하고(필기·시화가 그렇다), 어떤 것은 작품에 따라 달라 관련이 있는 경우도 있고 없는 경우도 있다. 하지만 단지 내용상 유교와 관련이 없다고 해서 꼭 유교와 아무런 상관관계가 없는 것은 아니다. 설사 내용상으로는 유교와 관련이 없다 할지라도, 발생론적으로는, 그리고 그 존재 방식과 관련해서는, 유교적 지배질서를 전제하지 않고서는 설명될 수 없는 경우도 존재한다는 사실에 각별히 유의할 필요가 있다.

e. 조선 후기

훈구파와 사림파의 투쟁에서 사림파가 승리한 후 사림파는 곧바로 내적 분열을 통해 당쟁(黨爭)에 돌입하게 된다. 조선 후기는 실질적으로 이 당쟁과 더불어 시작된다. 한편 조선은 16세기 말과 17세기 초에 두 차례 전쟁을 치르면서 신분제가 동요되고 사회적 기강이 해이해지는 등 지배체제가 이완되어 갔다. 이러한 현실에 대응하여 노론(老論) 지배층은 주자학을 교조화함으로써 지배질서를 재구축하고자 하였다. 하지만 주자학의 교조화는 많은 모순과 문제점을 드러낼 뿐이었고, 여기에 회의를 느낀 일부 사인(士人)들은 공리공담에 치우친 주자학의 말폐를 비판하면서 경세치용(經世致用)과 이용후생(利用厚生)을 위한 새로운 학문(=실학)을 모색하게 되었다. 뿐만 아니라 이 시기의 문인이나 학자들 중에는 서양 학문, 즉 서학(西學)에 관심을 쏟은 사람도 있고, 양명학

(陽明學)에 경도된 사람도 있으며, 장자(莊子)나 관자(管子)의 사상에 주목한 사람도 있었다.

또한 조선 후기에는 조선 왕조의 제도적 모순으로 인해 사대부층의 계층 분화가 심각하게 야기되었다. 그리하여 극소수 상층 벌열에 권력이 집중되는 데 반비례하여 권력에서 소외된 사(士)가 점점 더 늘어나게 되었다. 이들 중 일부는 현실을 개혁하기 위한 방안을 학문적으로 연구하는 쪽으로 나아가기도 했지만 일부는 몰락하여 중간계급에 편입되기도 하였다. 이와 함께 주목되는 현상은 이 시기에 중인층이 하나의 사회 세력을 이루면서 중간계급의 중심으로 부상해 갔다는 사실이다. 여성이 글쓰기 행위에 적극적으로 참여하게 되었다는 점 또한 이 시기의 특징적인 현상이다. 이제 이러한 점에 유의하면서 조선 후기의 장르 상황과 유교의 관련에 대해 검토해 보기로 하자.

우리말 노래에 해당하는 장르로는 시조와 가사가 이 시기에도 계속 창작된 반면, 경기체가는 소멸되었다. 하지만 사대부 시조는 몇몇 경우를 제외하고는 조선 전기에서와 같은 활기와 생기를 보여주지 못했으며, 후대에 이를수록 중인층 가객(歌客)의 시조가 차지하는 비중이 커져 갔다. 중인층 가객의 시조는 대체로 사대부 시조의 이념미를 본뜨고자 한 것이 많으며, 그 독자적인 미학이라고 할 만한 것을 정립해 내지는 못했다. 가사는 큰 변모를 보였다. 조선 전기에 가사는 가창(歌唱)을 전제로 창작되었으나, 조선 후기에는 그런 원칙이 깨어져 버려 눈으로 읽거나 그저 음영

(吟詠)하는 장르로 고착되었다. 이에 따라 가사는 그 길이가 대대적으로 확장될 수 있었던바,『일동장유가』(日東壯遊歌)와 같은 장편 기행가사가 나올 수 있었다. 요컨대, 가사는 조선 후기에 이르러 서술성(敍述性)을 강화하는 방향으로 나아간 셈이다. 조선 후기의 가사가 유교와 맺는 관련은 작품마다 달라서 일률적으로 말할 수 없다고 생각되지만, 적어도 이 '서술성'에 주목한다면, 가사는 여전히 사대부적 요구 내지 의식지향과 밀접한 관련을 맺고 있다고 할 수 있을 터이다.

한편 조선 후기에는 여성이 쓴 가사, 즉 규방가사가 출현했으며, 많은 작품이 전한다. 규방가사 중에는 시집살이의 고충을 하소연한 것도 있고, 화전놀이 했던 일을 서술해 놓은 것도 있는데, 이런 노래들은 유교적 가부장제하에 있던 여성의 신세를 잘 드러내 보여준다. 하지만 이런 작품들이 그다지 유교적인 이념을 담고 있지는 않음에 반해, 계녀가(誡女歌) 계통의 규방가사는 유교적 이념을 온전히 구현하고 있다. 그러므로 규방가사 중 유교와의 관련이 가장 밀접한 것은 계녀가라고 할 수 있다.

조선 후기의 우리말 노래 중 이채를 띠는 것은 사설시조다. 사설시조는 주로 중인층을 비롯한 중간계급에 속한 인물들이 창작한 것으로 보이는데, 즉물성(卽物性)과 육체성(肉體性)[20]이 돋보인

---

20 이 말은 '정신성'과 대립되는 말이니, 정신보다는 몸, 즉 '육체'에 주목하는 태도나 경향을 가리키는 말이다.

다. 사설시조는 유교가 밀어내 버리고자 한 '욕망'과 '육체', 이 둘을 중시하는 세계관에 뿌리를 두고 있는바, 유교의 경계 밖에 있다고 할 만하다.

조선 후기에는 한시의 영역에서도 큰 변화가 감지된다. 두 가지 주목되는 현상을 지적할 수 있으니, 하나는 개아(個我)의 적극적 긍정이요, 다른 하나는 정욕(情欲)의 긍정이다. 전자는 중인층 시인인 이언진의 연작시『호동거실』같은 작품에서 잘 확인되고, 후자는 이옥의『이언』이나 김려의『사유악부』같은 작품에서 잘 확인된다. '자아'의 긍정과 '정욕'의 긍정은 서로 긴밀히 연관되어 있다. 이런 지향의 시들은, 저 성정론(性情論)에 입각한 온유돈후의 미학을 이상으로 삼아 창작된 시들과는 사뭇 다르다. 애써 담박미(淡泊美)를 추구하려고 하지 않으며, 인간 본연의 감정을 꾸밈없이 표출하고 있다. 그래서 종종 격앙(激昂)과 돌올(突兀), 감정의 직절적(直截的) 분출, 여정(女情)에 대한 풍속화적 소묘(素描) 같은 것을 보여준다.

이런 시들은 도학적 금욕주의와 엄숙주의에 반대하여 인간 본연의 정(情)을 문학의 본령으로 복원시키고자 했던 중국 명말 청초의 문학론 및 그 창작실천에 영향 받은 바 크다고 보인다. 중국의 명말 청초를 풍미했던 새로운 조류의 문학은 이탁오(李卓吾)로 대표되는 양명좌파(陽明左派)의 사상을 그 이념적 기반으로 삼고 있는데, 이언진은 바로 이 양명좌파의 이념을 토대로 시를 창작하였다. 한편, 김려가 창작한 서사한시(敍事漢詩)인 「장원경의 처심씨를 위해 지은 시」(古詩, 爲張遠卿妻沈氏作)는 사회적 계급에 대한 명백한 부정을 보여준다는 점에서 주목된다. 일종의 평등사상이라 할 수 있겠는데, 김려가 이런 놀라운 경지에까지 이를 수 있었던 데에는, 물론 다른 요인도 고려해야 하겠지만, 서학서(西學書)를 읽었던 것이 하나의 요인으로 작용하고 있지 않은가 추정된다.[21]

이처럼 이 시기의 한시는 그 한 켠에서 기존의 틀을 벗어나려는 의미 있는 지향들을 보여준다. 이런 시들은 유교, 특히 주자학이 설정해 놓은 테두리 안에 있다고 보기 어려우며, 그 경계 밖을 넘보고 있다고 생각된다.

조선 후기 한시에서 인상적인 또 하나의 풍경은 악부시(樂府詩)와 애민시(愛民詩)가 표나게 많이 창작되었다는 점이다. 애민시는 다산 정약용의 시가 그 절절함과 진정성에서 최고의 높이를 보여주고 있다. 이미 말한 바 있지만, 악부시나 애민시는 유교에 그 이념적 기초를 두고 있다.

조선 후기에는 한시 자체를 해체하고자 하는 움직임도 나타났다. 김삿갓으로 일컬어지는 김병연의 희작시(戲作詩)가 그 대표적인 예다. 한시는 장르체계의 가장 위쪽에 자리하는 장르로서, 사

---

21 야소교(耶蘇敎)의 교리에 따르면 천주(天主) 앞에서 모든 사람은 귀천고하(貴賤高下) 없이 평등하다. 명민하고 감수성이 분방했던 김려는 『천주실의』(天主實義)를 비롯한 천주교 관련 서적을 읽고서 이런 메시지에 감발(感發)받았을 수 있다. 김려가 서학(西學) 문제에 연루되어 함경도 부령으로 유배된 사건에 대해서는 박혜숙, 「담정 김려―새로운 감수성과 평등의식」(『부령을 그리며』, 돌베개, 1998 개정판), 191면 참조.

대부의 문자행위를 대표하는 고상하고 점잖은 장르인데, 김삿갓은 이런 한시 장르를 희화화하면서 우스꽝스런 것으로 만들어 놓고 있다. 김삿갓의 희작시는 유교와 굳건히 결합되어 있던 한시 장르 **자체**를 희화화함으로써 유교로부터의 이탈을 보여준다.

정통 산문의 영역에서는 행장(行狀), 전(傳), 서사(書事), 제발(題跋), 산수유기(山水遊記), 문대(問對) 등이 전대에 비해 많이 창작되었다. '서사'(書事)는 어떤 인물에 대한 이야기라는 점에서 '전'(傳)과 통하는 데가 없지 않으나, 포폄을 가한다는 의식이 없고 그다지 격식을 차리지 않는다는 점에서 전(傳)과는 다르다. 흥미를 끄는 특이하거나 기이한 인물의 이야기를 적은 경우가 많다. 만일 서사(敍事)를 '허구적 서사'와 '경험적 서사'로 대별(大別)한다면, 이 장르는 경험적 서사에 속한다 할 것이다. 조선 후기에는 소설과 같은 허구적 서사만 성행했던 것이 아니라, 경험적 서사도 대단히 성행하였다. 유교적 글쓰기의 주류는 거사직서(據事直書)에 입각한 사실적 글쓰기라 하겠는데, '서사'(書事)와 같은 경험적 서사(敍事)는 이런 유교적 글쓰기의 전통을 잘 구현하고 있는 셈이다. 문대적(問對的) 글쓰기는 주자학과 밀접한 관련이 있지만, 홍대용의 『의산문답』처럼 주자학을 벗어나 새로운 사상과 세계관을 모색한 경우도 없지 않다.

이 시기 정통 산문의 글쓰기에서는 전반적으로 '고문'(古文)이 강조되었지만, 중국 명말 청초의 영향으로 소품적 글쓰기가 유행하기도 하였다. 소품적 글쓰기로 유명한 인물로는 이옥을 들 수 있다.[22] 고문이 재도론을 근간으로 삼는다면, 소품은 교화(敎化)나 재도(載道) 등 문학의 공능(功能)에는 관심이 없고 이른바 '쾌락'으로서의 문학에 관심을 두었다. 그러므로 소품은 그 문예적 성취에 대한 평가와는 관계없이, 유교적 엄숙주의로부터 이탈한 점, 문학의 관심을 개인의 자잘한 일상사로 돌린 점, 전통에 구애되지 않고 새로운 표현을 개척한 점 등에서 그 의의를 인정받을 수 있다. 이용휴(李用休, 1708~1782)에서 확인되듯 소품적 글쓰기는 양명학과 관련되어 있기도 하나, 조선에서는 소품적 글쓰기를 **일종의 문예사조로서** 중국으로부터 받아들인 면이 강하기 때문에 '자각적'으로 특정 사상을 글쓰기의 이념적 기초로 삼고 있다고 말하기는 어려운 경우가 대부분이다. 소품적 글쓰기를 시도한 문인들이 자각적으로 유교로부터의 이탈을 꾀했다고 생각되지는 않지만, 소품 가운데에는 탈유교적 지향이라 할 만한 것을 보여주는 작품도 없지 않다. 하지만 '소품 자체'가 탈유교적이라고 말하거나 대다수 소품에 그런 지향이 있다고 말한다면 그것은 과장일 것이다.

한편, 소품의 장점과 고문의 장점을 결합하고자 한 문인으로 박지원이 주목된다. 박지원은 소품의 참신성과 생기발랄함은 적극적으로 수용했지만, 소품적 글쓰기가 쇄말주의(瑣末主義)로 빠질 수 있음을 몹시 경계하였다. 그 결과, 박지원의 산문은 동아시아 소품문의 원조라고 할 명말(明末) 원굉도(袁宏道)의 산문과 달

---

22 이옥의 소품적 글쓰기는 정통 산문만이 아니라 비정통 산문의 영역에서도 이루어졌다.

리 경세의식(經世意識)과 힘을 담지할 수 있었다. 이처럼 박지원이 소품을 수용하면서도 소품의 폐단에 함몰되지 않을 수 있었던 것은, 그가 명문가 사대부 집안 출신으로서 조선 주자학이 그토록 강조해 온 선비로서의 책임의식 같은 것을 태생적으로 갖고 있었기 때문이 아닐까 생각된다. 다른 각도에서 말하면, 박지원의 경우 소품과 고문의 발전적 융합, 혹은 소품과 고문의 동시지양(同時止揚)을 이룩했다고 할 만한데, 박지원 스스로는 이를 '법고창신'(法古刱新)이라 일컫고 있다.[23] 박지원의 법고창신적 글쓰기는 상상력과 감수성을 대대적으로 확장함으로써 유교를 갱신하거나 쇄신하고자 한 시도로 받아들일 수 있다. 하지만 박지원의 이런 시도는 지배층의 눈에 사상적으로 퍽 불온한 것으로 비칠 수밖에 없었다. 그리하여 '문체반정'(文體反正)이라는 일종의 사상 탄압을 받게 되었다. 이옥 또한 문체반정을 비켜 갈 수 없었다.

비정통 산문의 영역에서는 소설과 야담이 주목된다. 조선 후기의 소설에는 다양한 역사적 장르가 존재하였다. 소설은 장르의 본질상 욕망의 문제와 긴밀하게 얽혀 있다. 바로 이 욕망 추구와 관련해 이 시기의 소설들은 이따금 유교의 통제를 벗어나는 면모를 보여주곤 했다.[24] 그럼에도 불구하고 대다수 소설들은 주어진

---

23 박희병, 『연암을 읽는다』(돌베개, 2006), 330~331면 참조.
24 예컨대 『홍길동전』 같은 작품은 '정상적' 양반 신분에 대한 욕망으로 인해 주어진 유교적 지배질서를 이탈하는 면모를 보여주며, 『절화기담』(折花奇談) 같은 작품은 불륜(=금지된 사랑)에 대한 욕망 때문에 유교적 통제 밖으로 나가게 된다.

체제와 지배질서를 정당화하거나 재생산하는 데에 기여하고 있는 것으로 보인다. 야담은 조선 후기에 발생하였다. 야담은 아주 다양한 세계를 담고 있어, 어떤 작품은 유교와 관련을 맺고 있고, 어떤 작품은 별 관련이 없으며, 어떤 작품은 유교와 배치되기도 하는바, 유교와의 관련을 일률적으로 말하기는 어렵다.

조선 후기의 비정통 산문 장르로는 이외에 필기, 몽유록, 가전체 산문, 일기, 우언(寓言), 소화(笑話) 등을 거론할 만하다. 이 시기의 필기는 사대부 신변사(身邊事)의 기록만이 아니라, 전쟁 등의 역사적 경험을 기록한 것, 특이한 체험이나 견문을 기록한 것, 특정한 문제의식이나 지적(知的) 관심사를 기록한 것, 독서하고 사색한 내용을 방대한 차기(箚記) 형식으로 기록한 것 등등으로 확대되어 갔다. 17세기 말에 창작된 「요로원야화기」(要路院夜話記) 같은 소설은 조선 후기에 와서 필기가 다양해지는 과정 중에 산생될 수 있었으며, 또한 그런 과정을 반영하고 있다.[25]

몽유록은 「달천몽유록」[26]처럼 역사적 사실에 대한 시비를 따진 작품도 있고, 「강도몽유록」(江都夢遊錄)처럼 병자호란 당시 지배층의 행태를 비판하면서 충(忠)과 열(烈)의 이념을 옹호한 작품도 있다. 몽유록은, 비록 후대로 갈수록 그 작품성은 떨어지지만, 「금

---

25 이 점은 김수영, 「요로원야화기 연구」(서울대 석사학위 논문, 2006)에서 처음 논의되었다.

26 「달천몽유록」은 윤계선(尹繼善, 1577~1604)이 지은 것과 황중윤(黃中允)이 지은 것, 두 가지가 있다. 한자로는 윤계선의 것은 「㺚川夢遊錄」, 황중윤의 것은 「㺚川夢遊錄」으로 달리 표기한다.

화사몽유록」(金華寺夢遊錄)이나 「사수몽유록」(泗水夢遊錄)에서 잘 확인되듯 유교적 교양과 이념 위에서 창작되고 있다는 점에서는 어떠한 변화도 없다.

가전체 산문으로는 숙종조 때 남성중(南聖重, 17세기 후반~18세기 초)이 창작한 「화사」(花史)[27]가 주목되는데, 계절에 따라 피고 지는 꽃과 국가의 흥망성쇠를 결부시키는 방식으로 역사의 원리 내지 치국(治國)의 이치를 탐색해 보이고 있다. 이 점에서 이 작품은 유교적 교양과 문제의식에 의거하고 있다고 할 만하다. 조선 후기에는 가전 혹은 가전체 산문의 원리를 원용한 소설이 출현하였다. '심성'(心性)을 의인화한 일군의 소설들, 이른바 천군소설(天

---

27 「화사」는 임제(林悌)가 창작했다는 설과 남성중(南聖重)이 창작했다는 설 두 가지가 학계에 제기되어 있는데, 근년에는 대체로 임제 창작설이 지지되는 듯하다. 하지만 이는 잘못으로 보인다. 남성중 스스로가 이 작품을 자신이 창작했음을 천명한 글(서울대 도서관에 소장되어 있는 가람본 「花史」, 도서번호 古813.53－lmlh의 '總論' 참조)을 남기고 있다는 점, 작중에 보이는 삼색(三色) 당파에 대한 언급이 숙종조의 잦은 환국(換局)과 관련된 노론·소론·남인 간의 당쟁을 반영하고 있다는 점, 작품 말미에 붙인 '총론'(總論) 중의 "꽃은 혹 더러운 데서 나기도 하지만, 고하(高下)와 귀천(貴賤)을 따지지 않고 영고(榮枯)를 함께하나니, 그 공정한 마음이 또한 사람과는 다르다"(或生於糞溷之中, 而不爭高下貴賤, 同其榮枯, 則其公心, 亦異於人矣)라는 말이 서얼인 작자 자신의 처지를 투사하고 있다는 점에 주목해야 한다는 것 외에도, 이 작품에서 언급되고 있는 종려(椶櫚)와 소철(蘇鐵)이 조선 후기에 외국에서 수입되어 경화세족(京華世族)의 정원을 장식한 식물이라는 점에 주목할 필요가 있다. 이들 식물이 조선 후기에 경화세족이 다투어 정원을 장식한 외국산 나무들임은 18세기의 인물인 유박(柳璞)이 저술한 『화암수록』(花菴隨錄) 중의 "근래에 여러 공자(公子)와 도위(都尉)의 집에서 소철(蘇鐵)·화리(華梨)·종려(椶櫚) 등 꽃나무를 다투어 심는데 그중에서도 외국산을 더욱 귀히 여기어 정원수의 우두머리로 삼고, 매화나 국화를 함부로 아품(亞品)이라고 떠들어 대어"(「花木九等品第」, 『花菴隨錄』; 강희안 저, 이병훈 역, 『양화소록』, 을유문화사, 을유문고 제118권, 1973, 141면: 『양화소록』 뒤에 부록으로 수록되어 있는 글임)라는 말 참조.

君小說)이 그것이다. 이런 작품으로는 황중윤의 『천군기』(天君紀), 정태제의 『천군연의』(天君演義), 정기화(鄭琦和, 1786~1840)의 『천군본기』(天君本紀), 유치구(柳致球, 1793~1854)의 『천군실록』(天君實錄) 등을 들 수 있는데, 성리학적 교양과 역사의식을 잘 구현해 놓고 있다.

일기는 『열하일기』(熱河日記)처럼 여행의 기록도 있고, 『흠영』(欽英)처럼 자신의 일상적 삶에 대한 기록도 있다. 일기에는 다양한 내용이 기록되어 있어 일률적으로 유교와의 관련을 말하기는 곤란하지만, 일기를 기록한 사람이 유자(儒者)인 한 대체로 유자로서의 의식과 관심이 표출되어 있게 마련이다. 이 시기 우언(寓言)은 이광정(李光庭)의 『망양록』(亡羊錄)에서 보듯 독립된 작품집으로서의 면모를 보이는 수준으로까지 발전했다.

소화(笑話)는 전대에 이어 계속 창작되었다. 소화에는 음란한 이야기도 있어 유교의 가르침과는 배치되지만, 그렇다고 해서 이 장르가 '불온'하거나 유교를 내파하는 측면을 갖거나 하는 것으로 보이지는 않는다. 도리어, 이 장르는 비록 내용상으로는 유교와 어긋나지만 기묘하게도 유교와의 '대립적 공존'을 통해 유교 체제를 온존시키는 데 일정하게 기여하고 있는 것으로 보인다.[28]

---

28 유교 체제는 이런 종류의 장르를 적당히 눈감아 주는 메커니즘을 작동시키고 있다. 유교 체제는 이렇게 함으로써 사회적·이념적 스트레스를 일정하게 완화하는 효과를 거두고 있다고 보인다. 하층의 연행(演行) 장르인 '탈춤'도 비슷한 맥락 속에 있다. 고도의 지배 전략이라고 할 수 있다.

7
비평적 조망

1. 이 책의 서두에서 말했듯, 유교는 원래 중국에서 형성된 사상이다. 말하자면 외래사상인 셈이다. 유교라는 이 외래사상은 그 사상의 특성상 문학과 분리되지 않는다. 유교와 문학은 '하나이면서 둘이고 둘이면서 하나인' 그런 독특한 관계를 형성하고 있다. 한국이 외래사상인 유교를 받아들였을 때 그것은 유교 경전을 '사상'에 있어서만이 아니라 '문학'에 있어서도 최고의 권위를 갖는 것으로 받아들임과 동시에, 유교와 관련된 일체의 글쓰기 장르들을 그대로 수용함을 의미한다. 중국한문학의 장르들이 한국한문학의 장르들로 '그대로' 이월된 현상은 그런 견지에서 설명될 수 있다. 하지만 한국한문학 장르들은 불교가 위세를 부리던 통일신라시대나 고려시대에는 풍부한 불교적 연관을 지닐 수 있었다. 하지만 사대부가 역사에 등장해 문학과 사회의 권력을 장악하게 되면서부터는 상황이 달라져 한문학은 주로 유교와 관련을 맺게 된다.

이처럼 유교는 **중국이 곧 보편성임**을 전제로 삼고 있기에 비(非)

중국에 속한 나라가 유교를 받아들일 경우 글쓰기에서 한자 표기를 고수하게 됨은 그리 이상한 일이 아니다. 한국 고전문학의 장르들은 한문학에 속하는 것이 가장 많은데, 이들 장르가 모두 중국한문학의 장르를 그 전범으로 삼고 있다는 점이나 한자를 표기문자로 삼고 있다는 점은 그런 각도에서 이해될 수 있다. 한국 고전문학의 장르들, 특히 한국한문학의 장르들은 이 때문에 중국을 중심으로 하는 동아시아적 보편성에 동참할 수 있었다.

한국문학은 이를 통해 무엇을 얻었던가? 우선, 공적 영역과 사적 영역의 양면에서 삶과 이념을 표현해 내는 다양한 방식을 터득할 수 있었음을 지적할 수 있을 터이다. 말하자면 글쓰기에 있어 고도의 문화적·지적 수준을 확보할 수 있었던 셈이다. 한문학의 장르들은 대체로 그 하나하나가 세련된 문화적 장치이자 지적 장치였음으로써다. 이 장치는 개인의 의식 및 생활을 매개할 뿐만 아니라, 사회와 정치와 국가를 매개하는 것이기도 하였다.

하지만 유교에 의해 담보된 이 장르적 보편성은 **동시에** 한국한문학의 부인할 수 없는 약점이기도 하다. 이와 관련해 두 가지 점을 거론할 수 있다. 그 하나는 주체성의 문제다. 한국한문학은 자국의 풍토에 따른 개별성을 모색해 나가지 않은 것은 아니지만 그럼에도 늘 주체성의 문제에서 태생적인 약점을 지닐 수밖에 없었다. 더구나, 유교에 의하면, 중국은 문명의 중심=화(華)이지만 한국은 문명의 주변=이(夷)에 불과했으며, 이 지위는 불변의 것으로 간주되었다. 주변은 늘 중심을 바라보면서 중심을 따라배워야 했다. 다른 하나는, 한국한문학의 정통 장르에 속하는 것 가운데 중국한문학과 중복되지 않는 것은 단 하나도 없다는 사실이다. 다시 말해, 한국한문학의 정통 장르들 중 한국에서 창안된 장르는 단 하나도 없으며, 그 모두가 중국에서 수입된 것들이라는 점이다. 한국한문학의 장르 중 한국에서 창안된 것은 비정통 한문학 장르에 속하는 몽유록·천군소설·야담 정도를 꼽을 수 있을 따름이다.

    2. 한문학의 경우는 그렇지만 한문학이 아닌 '우리 말 노래'에 해당하는 장르들은 사정이 다르다. 이런 장르들 가운데 특히 경기체가, 시조, 가사가 주목된다. 이 세 장르 중 경기체가와 시조는 고려 후기에 우리나라 사대부에 의해 창안된 장르로서, 유교에 정신적 기반을 둔 사대부의 의식과 이념을 제각각 구현하고 있다. 이 책의 제4장에서 지적했듯, 가사는 원래 고려 말에 불승에 의해 창안된 것으로 추정되나, 조선시대에 와서 사대부의 장르로 탈바꿈하였다.

    그러므로 한국인이 외래사상으로서 유교를 수용하여 적어도 국어시(國語詩)[1] 장르에서 창조적인 성과를 만들어 낸 것은 이 셋

---

1 '국어시'(國語詩)라는 말은 전근대 시기의 베트남에서 자국어로 창작된 시가를 한시와 구분하기 위해 써 온 말인데, 우리 경우에도 딱 맞는 말이라고 생각되어 이 말을 쓴다. '국어시'라는 용어 및 그 역사적 함의에 대해서는 유인선, 『새로 쓴 베트남의 역사』(이산, 2002), 151~153, 162, 164면 참조.

이 아닐까 한다. 특히 시조는 주자학의 이념에 기초하여 사대부의 심성(心性)과 미의식을 대단히 간결하고 절제된 형식으로 표현해 냄으로써 고도의 미학적 높이를 확보할 수 있었다. 반면 가사는 유교적 글쓰기의 한 주요한 속성을 이루는 '서술성'(敍述性)을 노래(혹은 음영吟詠)와 결합시켰다는 점이 주목된다. 유교적 이념에 기반을 둔 사대부의 시조와 가사는 제각각 그윽한 정신적 깊이와 격조를 보여준다.

3. 국문문학 가운데서 가문소설 역시 유교의 영향으로 우리나라에서 창안된 역사적 장르의 하나라고 해야 할 것이다. 이런 장르는 중국문학이나 일본문학에는 존재하지 않는다. 조선 후기에 오면 사대부 집안에서 종법의식(宗法意識)이 극도로 강조되면서 가문의식이 강화되어 갔는데, 이런 사회적·역사적 추이가 이 장르를 출현시켰다고 생각된다. 그러므로 거시적으로 볼 때 이 장르만큼 조선 후기 유교의 종법적(宗法的) 관철 양상을 도저하게 정시(呈示)하는 장르도 없다 할 것이다.

4. 유교는 안팎과 상하를 엄격히 구분하고, 우리/타자, 유교/이단을 엄별함으로써 타자와 이단을 배제하는 성향을 강하게 갖는다. 차등화(差等化), 위계화(位階化), 배제, 이 셋을 통

해 유교는 종법적 지배질서를 구축한다. 유교의 이런 면모는 조선 왕조 때 가장 두드러진다. 그것은 대외적으로는 화이론(華夷論)의 고수, 대내적으로는 신분제의 유지와 남존여비의 관철, 그리고 주자학 이외의 일체의 사상을 이단시하는 것으로 나타났다. '유교화'가 진전되면 될수록 이러한 면모는 더욱 강화되었으며, 모화사상(慕華思想)이 심화되었다.

여기에 제동을 거는 움직임은 없었던가? 없지 않았다. 문학장르와 관련하여 생각할 때 두 가지 성과가 주목된다. 하나는 문대(問對) 장르에 해당하는 『의산문답』이고, 다른 하나는 소설 장르에 해당하는 『최고운전』과 『전우치전』이다.

문대는 정통 한문학의 한 장르다. 조선은 주자학을 숭상했기에 문답 형식의 이 의론체 장르를 발전시킬 수 있었다. 『의산문답』은 이런 전통을 토대로 창작되었다. 말하자면 유교=주자학의 오랜 자기온축(自己蘊蓄) 과정에서 이 작품이 탄생되었던 것이다. 하지만 『의산문답』은 안팎의 구분, 차등화, 배제에 의거하는 유교의 지배 원리를 거부하고 전연 다른 패러다임을 구축해 보이고 있는 바, 기존의 유교적 인간중심주의와 화이론은 단호히 부정되고 있다. 주목되는 것은, 『의산문답』의 이런 사상이 유교의 '밖'이 아니라 유교의 '안'에서 이루어졌다는 점이다. 달리 말해, 『의산문답』의 사상은 유교의 내파(內破)라는 점에서 중대한 의미를 갖는다. 정통 한문학에 속할 뿐 아니라, 조선에서 주자학과 관련해 특수한 의미를 띠는 이 문대라는 장르를 통해 유교의 지배 원리를 부정하는 사상적 모색이 이루어졌다는 점은 여러모로 흥미롭다.

『최고운전』과『전우치전』은 16, 17세기 조선의 도가 사상(이른바 해동도가海東道家 사상)을 토대로 창작된 작품이다. 이들 작품은 중국중심주의와 모화주의(慕華主義)를 배격하면서 조선의 주체성을 제기하고 있다. 주목해야 할 것은, 이들 작품의 이런 사상이 유교의 '안'이 아니라 유교의 '밖'에서 유래한다는 점이다. 정통 한문학도 못 될뿐더러 배척되고 폄하되기 일쑤였던 소설 장르에서 이런 문제 제기가 나타났다는 사실에 유의할 필요가 있다. 다시 말해, 유교의 입장에서 볼 때 이단에 해당하는 해동도가 사상은 지배적 장르 질서 밖에 있던 '소설'이라는 장르를 택해 유교의 한 근간이 되는 이념을 비판한 셈이다.

이처럼『의산문답』과『최고운전』·『전우치전』은 각각 지배적 장르 질서의 '안'과 '밖'에서 유교의 주요한 이념적 원리를 비판하거나 부정하고 있다는 점에서 각별히 주목할 만하다.

5. 유교적 글쓰기는 대체로 규범적이고 도덕적이다. 특히 정통 한문학의 장르들이 이런 면모를 강하게 보여준다. 이와 달리 비정통 한문학 장르들은 정통 한문학 장르들에 비해 덜 규범적이고 덜 도덕적이다. 비정통 한문학의 장르들은 정통 한문학의 장르들처럼 본격적 '문장'으로서의 대접을 받지 못했지만, 기실 이 두 종류의 글쓰기는 상호보완적인 측면을 갖는다. 유

자들은 정통 한문학의 장르들을 통해 규범성이라든가 도덕성이라든가 이념성을 한껏 드러내면서 긴장된 글쓰기를 했지만, 비정통 한문학 장르들을 통해서는 종종 이념이나 도덕이나 규범을 떠나 비교적 자유로운 필치로 글을 쓰든가 혹은 거기서 더 나아가 내면의 깊은 욕망을 좇아 글을 썼다. 일견 모순된 것처럼 보이지만 이 두 종류의 글쓰기는 그 심층에 있어 서로 의존적인 관계에 있었음이 분명하다. 이 때문에, 비정통 한문학은 때때로 유교의 경계를 넘어서는 지향을 보여주지 않는 것은 아니지만, 대체로는 유교 체제를 부지(扶支)하거나 방조(傍助)하는 역할을 하고 있는 것처럼 여겨진다.

6. 우리말 '가시'(歌詩)라 할 시조, 가사, 경기체가는 한문학과는 달리 독특한 미적 흥취를 구현하고 있지만, 그렇다고 해서 그것들이 유자의 이념과 가치태도, 도덕적 지향이나 규범적 의식 따위와 무관한 것은 아니다. 세 장르는 제각각의 특성이 있긴 하나, 적어도 사대부가 창작한 시조나 가사, 경기체가라면 직접적이든 간접적이든 유교적 관련이 있게 마련이다.

7. 정통 한문학의 장르들, 비정통 한문학의 장르들, 사대부 시조, 사대부 가사, 경기체가 등은 계급 관계에서 보면 지

배계급의 장르이고, 젠더 관계에서 보면 남성 사대부의 장르라고 할 수 있다. 지배체제(=지배적 문학제도) 쪽에서 본다면, 이들 장르는 장르체계의 위계에서 상위부 내지 중심부를 점하고, 규방가사·애정가사·기녀시조·사설시조·잡가·가문소설·영웅소설·판소리(판소리계소설) 등은 장르체계의 하위부 내지 주변부를 구성할 터이다.

상위를 점하는 장르들이라고 해서 다 똑같은 것은 아니며, 그 내부에서 다시 중심과 주변으로 위계가 나뉜다. 정통 한문학의 장르들이 가장 높은 위계를 차지하면서 중심에 있다면, 나머지 장르들은 주변에 해당한다 할 것이다. 유교적 문학 체제에서 장르체계의 중심과 주변을 가르는 결정적인 기준은 표기문자이다. 이 때문에 지배계급의 장르 내에서도 한자 표기인 정통 한문학의 장르들은 중심을 점할 수 있었지만, 경기체가, 사대부 시조, 사대부 가사는 중심을 차지할 수 없었다.

그렇다면, 비정통 한문학 장르와 사대부 시조, 사대부 가사 등은 위계의 고하가 어떠할까? 비정통 한문학 장르에는 여러 가지가 있으므로 일률적으로 말하기는 어렵다고 생각된다. 하지만 우리말을 비리(鄙俚)하다고 여기고 한문을 고아(高雅)하다고 여긴 것이 사대부의 일반적인 통념이었음을 염두에 둔다면, 적어도 유교적 지배체제, 유교적 문학체제의 입장에선 비정통 한문학 장르를 대체로 우위에 두지 않았을까 싶다.

한편, 장르체계의 주변부에 있었던 장르들은, 가문소설처럼 상층에서 향유된 것도 있고 규방가사처럼 양반 부녀자들에 의해 창작되고 향유된 것도 있지만, 그 나머지 것들의 장르 담당층은 대체로 중간계급 이하가 아닐까 추정된다.

장르체계의 주변부에 있던 장르들은 그 표기문자가 모두 국문이라는 점이 주목된다. 유교적 문학체제에서는 장르체계의 중심과 주변, 위와 아래를 가르는 주요한 기준이 표기문자라는 점이 거듭 확인된다.

장르체계의 주변부를 이루는 장르들에서는, 중심부의 잠(箴)이나 제문(祭文)이나 사대부 시조 등이 보여주는 것과 같은, 장르와 유교의 '총체적' 관련을 보여주는 경우를 단 하나도 발견할 수 없다. 유교와 관련을 맺고 있는지의 여부는 단지 '내용상'으로만 판정될 수 있을 뿐이다. 장르체계의 주변부를 이루는 장르들이 내용상 유교와 맺고 있는 관련은 대단히 복잡다단하다. 그것은 대체로 다음의 셋으로 정리될 수 있다.

(1) 유교와 별 관련이 없는 장르
(2) 유교와 관련이 없기도 하고 있기도 한 장르
(3) 유교와 관련이 있는 장르

(1)에 해당하는 것은 애정가사, 기녀시조, 사설시조, 잡가 등이다. (2)에 해당하는 것은 규방가사와 판소리(판소리계소설)이다. (3)에 해당하는 것은 영웅소설과 가문소설이다. (1)에 해당하는 장르

들에 대해서는 자세히 말할 필요가 없을 줄 안다. 문제는 (2)와 (3)에 해당하는 장르들이다.

(2)에 속하는 장르부터 보자. 규방가사에도 몇 가지 계통이 있는데, 탄식가(嘆息歌)나 화전가(花煎歌) 계열의 규방가사는 내용상 유교와의 관련이 희박하지만,[2] 계녀가(誡女歌) 계통의 규방가사는 유교와의 관련이 짙다. 판소리 혹은 판소리계소설과 유교의 관련은 대단히 복잡 미묘하다. 우선, 유교와 별 관련이 없는 경우가 있다. 『변강쇠가』, 『배비장타령』, 『강릉매화타령』, 『무숙이타령』 같은 작품이 그러하다. 한편, 표면적으로는 유교를 내세우고 있는 듯 보이지만 실제로는 유교와 별로 관련이 없는 경우도 있다. 『홍부전』 같은 작품이 그러하다. 이와 달리 겉으로는 유교를 내세우고 있는 듯이 보이지만 실제로는 유교를 비꼬고 있는 작품도 있다. 『토끼전』 같은 작품이 그러하다. 『춘향전』 같은 작품은 열 (烈)이라는 유교적 이념을 부각시키고 있는 것처럼 보이지만 실제로는 열을 민중적으로 재해석함으로써 유교와 다른 방향으로 가 버렸다. 유교적 이념은 온갖 난관에도 불구하고 고수될 만한 가치가 있으며 숭고한 것이라는 메시지를 담고 있는 작품도 있다. 『심청전』이 그러하다. 이처럼 판소리(판소리계소설)와 유교의 관련은 꽤 다층적이다.

---

2 이들 노래가 유교적 억압의 현실을 드러내 보여주며 적어도 그 점에서는 유교와의 관련이 있다고 주장할 수 있을지도 모르지만, 지금 논하는 유교와의 관련은 그런 차원의 것이 아니라 작품이 유교적 내용 혹은 메시지를 담고 있는가 하는 것이다.

(3)에 속하는 영웅소설이나 가문소설은 제각기 욕망을 추구하면서도 궁극적으로는 유교적 이념과 가치를 견지하고 있다. 이들 소설은, 훼손된 세계 속에서 욕망을 끌어안은 채 유교적 이념의 정당성을 궁극적으로 확인하는 형식을 취하고 있다.

'욕망'이라는 말이 나왔으니 하는 말이지만, 장르체계의 주변부에 있는 이들 장르들은 제각각의 방식으로이긴 하지만 모두 욕망을 추구한다는 점에서 동일하다. 이 욕망은 대개 남녀의 애정과 관련된다. 주변부 장르에 속하는 작품들을 '욕망'이라는 단어를 키워드로 삼아 다시 배열해 본다면 다음과 같다.

(1) 욕망을 좇고 유교적 도덕과 이념을 고려하지 않는 작품
(2) 욕망을 좇되 유교적 도덕과 이념을 고려하는 작품
(3) 욕망을 좇으면서 유교적 도덕과 이념을 비틀어 놓고 있는 작품

8. 유교는 원래 사대부 지배계급의 사상이다. 하지만 조선 왕조의 지배계급은 유교 이념을 사대부 계급이 아닌 민(民)에게까지 퍼뜨리기 위해 부단히 노력하였다. 그것은 교화와 훈민의 명목으로 행해졌다. 그런 목적을 달성하기 위해 법과 제도를 정비하는 한편, 한글을 이용해 유교 이데올로기를 선전하거나 주입하였다. 이른바 '부드러운 지배'의 방식이다. 이런 노력의

결과 유교는 차츰 민에게까지 침투해 들어갔다. 앞에서 거론한 주변부 장르들 중 판소리계소설인 『심청전』이나 영웅소설에 보이는 유교적 연관은 이런 견지에서 설명될 수 있을 터이다. 그렇긴 하지만 민의 세계에는 여전히 유교에 전연 물들지 않은 감수성이 존재하고 있었다. 판소리계소설인 『배비장전』이나 『토끼전』이라든가 사설시조 같은 데서 그 점을 확인할 수 있다. 이들 작품이 보여주는 감수성은 전적으로 생(生)의 있는 그대로의 형식, 억압되지 아니한 욕망의 원초적 모습에 기대고 있다.

이런 점에서 조선 후기의 판소리(판소리계소설)는 특히 주목된다. 이 장르는, 민의 의식세계 내에 지배층의 유교 이념에 순치(馴致)되어 있는 면과 순치되어 있지 않은 면 이 양면이 모순적으로 존재한다는 것, 그리고 민이 삐딱한 눈으로 유교 이념의 허구성을 꿰뚫어 보고 있기도 하고, 발칙하게도 엉뚱한 눈으로 유교 이념을 재해석함으로써 유교 이념을 전복시켜 버리기도 한다는 것을 확인시켜 준다.

9. 유교 체제에서는 사대부 계급이 지식을 독점한다. 지식 독점은 권력 독점으로 이어진다. 한편, 지식은 독서 및 글쓰기와 밀접히 연결되므로, 책과 시문(詩文)은 사대부 계급의 전유물이 된다. 그리하여 유교는 여성과 서민을 지식·책·시문으로부터 격리시켰다. 지식·책·시문 및 그것을 표기하는 문자인 한

자는 양반 사대부가 독점하고, 여성(혹은 서민)은 한글로 글쓰기를 했다.[3] 이 때문에 한문학의 장르들은 그 감수성이나 상상력에 있어 '남성'과 '지배층'의 한계를 벗어나기 어려웠다. 비록 여성의 목소리나 관점, 서민의 목소리나 관점을 보여주는 글들이 없었던 것은 아니나, 남성의 시선에 의한 왜곡이나 지배층의 시선에 의한 굴절이 나타나기 일쑤였다.

물론 한글 글쓰기는 여성만이 한 것은 아니지만,[4] 여성이 주동적인 역할을 하였다. 이 경우 '여성'이란 반가의 여성과 중인 집안의 여성을 말하며, 서민 부녀는 거의 해당되지 않는다. 조선 전기에는 서간문이 여성 글쓰기의 주요한 장르였다. 서간문은 안부와 소식을 묻고 답하는 데 주안을 둔 장르인 만큼 그 내용이 반드시 유교와 관련이 있는 것은 아니다. 조선 후기에는 서간문 외에 규방가사가 새로이 한글 글쓰기의 주요한 장르로 자리잡았다. 한편 조선 후기에는 여성이 소설을 창작하는 현상이 대두되기도 하

---

3 물론 한자로 글쓰기가 가능했던 극소수의 여성이 존재하지 않은 것은 아니나, 이런 여성은 어디까지나 예외적인 존재였다고 할 것이다. 그리고 한글이 상당히 널리 보급된 17세기 이후라 하더라도 한글 글쓰기가 가능했던 여성들은 대개 반가(班家)의 여성들 아니면 중인층 여성들이었을 것으로 생각된다. 평민 여성이나 비녀(婢女) 등의 하층 출신 여성 대다수는 한글 글쓰기가 불가능했을 것이다. 조선 후기에 남성 서민이 얼마나 한글을 깨쳤는지를 알려 주는 실증적 자료는 현재 존재하지 않는다. 필자는 서민층 남성 가운데 극히 제한된 사람들만이 한글을 읽거나 쓸 수 있지 않았을까 생각한다.

4 조선 후기의 경우 사대부 남성들은, 그 전부는 아니라 할지라도 대다수가 한글을 읽고 쓸 수 있었던 것으로 보인다. 사대부 남성들은 자신의 모친이나 누이나 딸 등 여자에게 편지를 보낼 때 주로 한글을 사용하였다. 본격적인 저술이나 시문의 창작은 한글로 하지 않았으며 한문으로 하였다.

였다.[5]

　규방가사 및 소설이 유교와 어떤 관련을 맺고 있는지에 대해서는 조금 전에 언급한 바 있으므로 재론하지 않는다. 여기서는 다만 조선 후기에 이루어진 여성 한글글쓰기의 독특한 성과라 할 이빙허각(李憑虛閣, 1759~1824)의 『규합총서』(閨閤叢書)에 대해 약간 언급해 두고자 한다. 실학에 기반하고 있는 이 백과전서적(百科全書的) 저술은 요리를 비롯하여 바느질, 길쌈, 원예, 가정경제 등등에 이르기까지 반가 여성들이 알아야 할 지식을 집대성해 놓고 있다. 이 책은 유교적 글쓰기의 한 주요한 특징인 '박물적'(博物的) 면모를 보여줌과 동시에 유교적 성별분업(性別分業) 의식을 잘 보여준다. 이 책은 한문학의 필기 장르를 특정한 방향으로 발전시킨 것으로 볼 수 있을 터이다. 필기가 포괄하고 있는 여러 관심 중에는 '지식'에의 관심도 있는데, 이 책은 필기에 내포되어 있던 이런 지식에의 관심을 특화하여 체계화한 것으로 여겨진다.

　여성들에게 한글 글쓰기가 중요했다는 사실은 췌언을 요하지 않지만, 일부 여성들은 한글 글쓰기만이 아니라 한문 글쓰기도 하고 있어 주목을 요한다. 여성의 한문 글쓰기는 남성 중심의 유교적 질서 전체의 판도 속에서 본다면 아주 예외적인 현상이라고 할 수 있을 터이다. 기생이야 다소의 문예적 교양을 갖출 것을 요

---

5 가령 가문소설에 속하는 『완월회맹연』(玩月會盟宴)이나 『옥원재합기연』(玉鴛再合奇緣) 같은 작품은 여성이 창작한 소설로 알려져 있다. 이런 작품들 말고도 여성이 창작한 소설은 더 있을 것으로 추정된다.

구받았기에 한문 글쓰기를 웬만큼 할 수 있었다손 치더라도, 여염집 여자가 시문(詩文)을 짓는 일을 부정적으로 보았던 것이 당시의 통념이었음을 고려한다면 반가 여성이 한문 글쓰기를 했다는 것은 예사로운 일이 아니다.

조선 전기에는 미암(眉巖) 유희춘(柳希春, 1513~1577)의 아내 송덕봉(宋德奉)이 시문에 능했다고 전하며, 조선 후기에는 이런저런 기록에 의하건대 한문 글쓰기를 할 수 있었던 여성들의 수가 늘어나고 있었던 것으로 보인다. 그런 여성들 중 임윤지당(任允摯堂, 1721~1793)과 이사주당(李思朱堂, 1739~1821), 두 사람의 글쓰기가 특히 주목된다. 임윤지당은 여성으로서 성리학적 글쓰기를 시도했으며, 이사주당은 성리학을 근간으로 삼아 태교(胎敎)를 학문적으로 정초(定礎)하였다.[6] 임윤지당은 정통 한문학의 장르들을 통해 글쓰기를 했으며, 이사주당은 필기의 전통을 활용하되 특정한 주제하에 글쓰기를 하였다. 두 사람의 글쓰기 방식과 장르선택은 서로 달랐지만 성리학적 교양과 이념을 근간으로 하고 있다는 점에서는 동일하다. 여성들의 한글 글쓰기에는 유교와 관련을 보이는 장르도 있고 그렇지 않은 장르도 있었던 데 반해, 여성들의 한문 글쓰기는 유교와 관련을 보이는 게 일반적이지 않은가 생각된다. 비록 표기문자가 유교와 절대적인 관련을 맺고 있는 것은 아니라 할지라도, 상당한 관련을 맺고 있음이 이를 통해 거듭 확인된다.

---

6 임윤지당은 『윤지당유고』(允摯堂遺稿)를, 이사주당은 『태교신기』(胎敎新記)를 남겼다.

10. 유교적 글쓰기는 전통을 중시한다. 그리하여 경전이나 과거 중국의 위대한 문인들이 쓴 글을 닮고자 끊임없이 노력하며, 마련된 전범에 따라 글을 쓰고자 한다. 시든 문이든, 한문 글쓰기든 한글 글쓰기든, 전고(典故)를 많이 동원하는 것 역시 전통을 중시하는 유교적 글쓰기의 문화의식과 무관하지 않다. 이처럼 글쓰기에서 전통이라든가 전범이라든가 규범 같은 것을 중시할 경우, 글을 함부로 쓰거나 되지 않은 말을 막 하거나 하기는 어렵다. 뿐만 아니라, 늘 과거의 위대한 글쓰기를 의식하면서 글을 쓸 수밖에 없다. 이 점에서 유교적 글쓰기는 과거, 즉 '고' (古)와 끈끈히 연결되어 있다.[7] 유교와 관련된 장르들 가운데 한문학의 장르들이 특히 그러하다.

한문학에서는 장르적 규범과 전범이 늘 '옛날'에서 찾아진다. 만일 훌륭한 작가라면 전통과의 대면을 통해 전통의 우량한 성과를 섭취하면서 그 위에서 자기대로의 창조를 이룩할 수 있을 터이다. 그럴 경우 전통은 하나의 자극이자 도전이며, 새로이 창작되는 작품은 저 두꺼운 전통의 두께 위에 뭔가를 덧보탬으로써, 혹은 전통과 창조적인 대화를 나눔으로써, 깊고 심오한 의미를 획득

---

7 그러므로 조선시대의 문인들 중 아무리 문학의 창의성을 강조한 사람이라 할지라도 글쓰기의 기본 원리로서의 '복고'(復古) 그 자체를 부정하지는 않았다. 다만 복고의 '방법'을 둘러싸고 논쟁이 있었을 뿐이다. 이 점은 중국도 마찬가지다. 가령 공안파(公安派)의 리더인 원광도만 하더라도, 흔히 오해되고 있듯이, 복고 '그 자체'를 반대한 것은 결코 아니었다. 그가 반대한 것은 표절과 모의(模擬)로 귀결되는 복고의 어떤 방법 내지 태도였을 뿐이다.

할 수 있을 것이다. 가령 연암 박지원이 모색한 '법고창신'의 글쓰기가 그런 데 해당할 것이다.[8] 박지원이 한문학 장르들을 통한 글쓰기를 하면서도 자기대로 장르를 변용하며 이 장르와 저 장르를 뒤섞거나 이 장르와 저 장르를 넘나드는 글쓰기를 했던 것은 전통의 고려를 통해 전통을 넘어서려는 노력의 소산이라 해석할 수 있다. 이는 전통을 중시하는 유교적 글쓰기가 다행스럽게도 좋은 방향으로 귀결된 경우다.

하지만 유교적 글쓰기는 일반적으로 전통과 규범에 구속되거나 짓눌려 상투성이나 진부함을 반복하기 쉽다. 전통의 중압감에 눌려 새로운 창조를 이룩하지 못하고, '고'(古)를 본뜨거나 모방하는 것을 능사로 삼는 태도다. 이른바 '의고주의'(擬古主義)다. 의고주의는 좁혀서 보면 특정한 시기의 문예사조를 지칭하는 말이지만, 넓혀서 보면 유교적 글쓰기에 원리적으로 늘 나타날 수 있는 하나의 '태도'에 해당한다. 역설적이지만 바로 이 점 때문에 한문학의 유교적 장르들은 고도의 장르적 안정성을 유지할 수 있었다. 유교적 장르들은 일단 장르적 전범이 마련되고 나면 크게 변개(變改)되는 법도 없고 소멸하는 법도 없이 후대까지 쭉 지속되었다. 장르에 담기는 내용이나 시공간은 설사 달라진다 할지라도 장르관습이나 문법 자체가 달라지는 법은 좀처럼 없다. 그리하여 유교와 관련된 대부분의 한문학 장르들은 근대문학이 시작되기

---

8 이 점에 대해서는 박희병, 『연암을 읽는다』, 324~358면 참조.

직전까지 오랜 시간 '지속' 될 수 있었다. 이런 현상은 물론 유교 체제가 갖는 독특한 공동체적 안정성과도 관련이 없지 않지만, 전통을 중시하는 유교적 글쓰기의 원리적 태도와도 밀접한 관련이 있다고 할 것이다.

11. 유교는 수기치인(修己治人)의 사상이다. 즉, 사대부의 본분이 개인의 인격 수양 및 국가 경영에 있다고 보는 것이 유교의 핵심 사상이다. 개인의 인격 수양과 나라를 다스리는 일, 이 둘은 분리되지 않는다. 유교의 이념과 요구를 관철하는 장르들은 이 수기치인의 사상과 직접 간접으로 연관을 맺고 있는 경우가 많다. 경우에 따라 어떤 장르들은 좀더 수기(修己) 쪽의 성향을 보여주기도 하고 어떤 장르들은 치인(治人) 쪽의 성향을 보여주기도 하지만, 이것도 보여주고 저것도 보여주는 장르도 없지 않다. 예컨대, 산수유기, 잠, 명 같은 장르가 주로 첫 번째 경우라면, 책(策), 표(表), 주의(奏議) 같은 장르는 두 번째 경우에 해당하고, 한시, 송서(送序), 전(傳) 같은 장르는 세 번째 경우에 해당한다 할 것이다.

12. 유교는 욕망을 억제하고 절제와 분수를 강조하며, 자연과의 조화를 중시하고, 개아(個我)보다는 공동체를 우

선시한다. 유교의 이런 지향은 유교에 기반을 두고 있는 장르들의 관습과 문법에 큰 영향을 미쳤다.

가령 한시가 보여주는 절제미(節制美)라든가 자연과의 깊은 교감(交感)이라든가 물아일체의 심상(心象) 따위는 유교적 이념과 분리해 생각하기 어렵다. 한시의 그런 지향들은 궁극적으로 『예기』에서 말한 '온유돈후'와 연결된다. 온유돈후는 예교의 시적 구현이랄 수 있다. 시조가 드러내 보여주는 깔끔하면서도 자연스러운 절제미와 정제된 이념미(理念美) 역시 유교와 분리해 설명하기 어렵다. 산문 장르로는 누정기나 산수유기 같은 것이 좋은 예가 된다. 이들 장르는 모두 인간을 '자연 내 존재'로 간주하고 있으며, 무한한 자연 속에서 생을 영위하고 있는 유한한 인간이 느끼는 흥취라든가 감회를 기저에 깔고 있다. 거기서는 욕망의 분출이라든가 욕망의 과대화(過大化)가 아니라, 욕망의 정화 내지 욕망의 과소화(寡少化)가 이루어지고 있을 뿐이다.

욕망의 정화나 욕망의 과소화는 이들 장르에서만 나타나는 원리가 아니라 유교적 이념을 기반으로 하고 있는 장르들에서 두루 관철되고 있다고 보인다. 가령 한시는 작가에 따라 그리고 작품에 따라 퍽 다채로운 면모를 보여준다고 할 수 있지만, 그럼에도 불구하고 어떤 작가도, 그리고 어떤 작품도, 넘어서는 안 되는 선(線)이 존재하는 것으로 여겨진다. 이 선은 다름 아닌 '욕망'과 관련된다. 적어도 유교적 이념에 기반을 둔 장르라면 한시만이 아니라 그 어떤 장르든 이 선이 창작의 가이드라인이 된다. 그리하여 창작 주체의 욕망, 개아의 욕망은 적절한 수위로 절제되게 마련이다. 그러므로 희로애락을 비롯한 일체의 정념과 정욕은 알맞은 정도로 표현되어야지 과도하거나 과대하게 표현되어서는 안 된다.

'알맞은 정도'의 기준은 누가 어떻게 마련해 주는 것일까? 그것은 유교적 문화틀 및 그 속에서 빚어지고 내면화되는 저 문화의식에 의해 자동적으로 담보될 터이다. 그 결과, 개아의 기쁨이나 환희를 과도하게 표현해서는 안 된다는 것, 개아의 슬픔이나 절망감을 너무 격렬하게 쏟아내서는 안 된다는 것, 개아의 가슴속에 자리하고 있는 분노감을 있는 그대로 토로해서는 안 된다는 것, 사회나 국가에 대한 저주와 증오의 감정을 노출시켜서는 안 된다는 것, 사랑의 감정이나 욕념(欲念)을 적극적으로 표현해서는 안 된다는 것, 이런 등등의 일종의 자기검열 기준이 문인들 내면에 자연스럽게 자리잡게 된다. 이는 자아가 갖는 자의식의 제한에 다름 아니다. 이런 과정은 꼭 의식적인 것만은 아니며, 무의식적이거나 반(半)무의식적인 과정으로 이해된다.

유교적 글쓰기의 이런 메커니즘 때문에 한시나 산문 같은 정통 한문학은 물론이려니와 사대부 시조나 사대부 가사, 그리고 심지어는 이황이 그 질탕함에 대해 비판한 경기체가까지도, 개아의 격렬한 감정이라든가 치열하거나 처절한 정념이라든가 이런 것을 보여줄 수는 없었다. 그 대신에 보여줄 수 있었던 미적 지향은, 단아함, 단정함, 담담함, 은근함, 수수함, 검소함, 적당한 흥취, 중용, 조화, 절제, 달관 등이다. 그러므로 유교적 글쓰기에 내면성이나 자아감(自我感)이 없다고 말한다면 그것은 틀린 말일 테지만, 문제는 유교적 글쓰기의 내면성이나 자아감이 너무도 뚜렷한 경계를 갖고 있으며, 이 때문에 더 깊은 내면성이나 자아감을 계발할 수 없었다는 점이다. 왜 이렇게 되었을까? 공동체를 우선시하는 유교의 이념적 지향과 깊이 연관되어 있다고 여겨진다. 다시 말해, 공동체적 가치, 공동체적 질서를 제일의적(第一義的)인 것으로 삼다 보니 개아의 욕망 추구라든가 내면성이나 자의식에 대한 탐구는 절제되든가 혹은 적어도 일정한 선을 넘지 말 것이 요청되었던 것이다.

13. 다른 각도에서 본다면 이것은 '내면적 자유'의 문제이기도 하다. 유교로 인해 야기된 이런 개아적 자아감과 자의식의 제한은, 정치적 의미에서의 자유(liberty)든, 사상적 의미에서의 자유(freedom)든, 자유에 대한 사유의 진전을 가로막았다는 점에 유의하지 않으면 안 된다. 전근대가 끝날 때까지 유교적 글쓰기 내부에서 이런 의미의 '자유'에 대한 의식이 싹트거나 모색된 적이 없다는 점은 이 점에서 의미심장하다.

14. 유교가 글쓰기에 이러한 특점(特點)과 제약을 낳은 것은 비단 한국만이 아니라 중국도 기본적으로 마찬가지다.

하지만 중국의 경우 정통 한문학의 장르들인 한시라든가 사(詞)에서 적극적이거나 농염한 애정 표현이 나타나기도 한다. 또한 주변적 장르인 소설에서도 중요한 차이가 발견되니, 『육포단』(肉蒲團) 같은 작품은 성애(性愛)에 대한 노골적인 묘사를 보여주는바 오늘날의 관점에서 보더라도 외설적이고 선정적이다. 하지만 한국 소설에서는, 비록 욕망이 추구된다 할지라도 대개 일정한 분한(分限)을 넘지는 않으며, 이 점에서 세밀한 애정 묘사에 익숙한 오늘날의 독자라면 퍽 싱겁다는 느낌을 받게 마련이다. 같은 유교권에 속하면서도 중국과 한국에 이런 차이가 생기게 된 이유는 무얼까? 아마도 중국의 경우 공식적으로는 유교 문화라고는 하나 실제로는 도교 문화가 성행했고, 게다가 이념 추구를 능사로 삼지 않아 하층은 물론 상층 역시 물질적 욕구를 퍽 중시했던 데 반해, 한국(=조선)의 경우 지배층이 주자학 일변도의 사상을 전개하면서 이념과 명분, 도덕과 금욕을 대단히 중시했던바 이런 지배층의 추향(趨向)이 하층에도 일정한 영향을 미치면서 사회적 기풍을 형성한 결과가 아닐까 한다. 요컨대, 중국보다 한국(=조선)에서 유교가 더 철저하고 엄격하게 실현된 데서 이런 차이가 야기된 것이 아닐까 생각된다.

15. 유교적 글쓰기들, 유교적 이념에 기반을 둔 종종의 장르들은 그것대로의 다채로운 감수성과 상상력을 보여준

다. 그렇긴 하지만 그 감수성과 상상력은 기본적으로 '사실성'에 입각해 있다는 특징을 보여준다. 유교적 장르들은 시문 공히 사실성을 중시한다. 물론 한시는 그 본질에 있어 서정을 문제 삼는 장르이기에 단순히 사실 자체가 중요한 것은 아니며 사실과 정회 (情懷), 물(物)과 심(心), 이 양자 사이에 고도의 복잡한 매개 과정이 있게 마련이지만, 그럼에도 한시가 사실성을 중시한다는 점을 부정할 수는 없다. '사실'에의 중시는 원시유교 이래 유교가 줄곧 가져온 태도다. 유교의 그런 태도는 초월적 세계나 신비한 세계보다는 현세와 경험의 세계를 중시하는 태도와 연결된다. 사실을 중시하는 유교의 태도는 산문적 글쓰기에서는 이른바 '거사직서'(據事直書)의 원리로 나타난다.

이처럼 사실을 중시함은 유교적 글쓰기의 핵심적인 특징이자 강점이다. 그래서 유교적 글쓰기는 허황되지 않고, 실제적 근거를 갖고 있으며, 성실하고, 진지하다. 또한 역사성과 기록성이 강하다. 하지만 이는 동시에 유교적 글쓰기의 심중한 한계이기도 하다. 유교적 글쓰기는 사실성을 극도로 중시함으로써 허구성을 문학의 주변부로 밀어내 버렸다. 그리하여 정통 한문학 장르들의 글쓰기는 거의 모두가 사실에 바탕을 두고 있다. 물론 글쓰기 수법상 약간의 허구를 동원하는 경우도 때로 없지는 않지만 기본적으로는 사실에 입각해 있다고 해야 옳다. 이 때문에 유교 체제에서 허구의 장르들은 폄하나 배척의 대상이었다. 허구는 사실보다 가치적으로 열등하다고 보았던 것이다. 이런 관점은 사실=진실이며, 허구=거짓(혹은 날조)이라는 유교의 진리관에서 유래하는 것으로 보인다. 소설을 비롯한 허구적 장르들이 그 높은 인기에도 불구하고 유교 체제에서 주변부에 머물 수밖에 없었던 이유가 여기에 있다.

그런데 사실을 진실과 등치시키고 허구를 거짓과 등치시키는 관점은, 사실에서는 좀처럼 잘 드러나지 않는 진실이 오히려 허구에서 더 잘 드러날 수도 있다는 사실을 정당하게 인식하지 못했다고 할 수 있다. 허구는 그 자체가 도덕적으로 악하거나 열등한 것은 아니며, 단지 진실을 모색하는 하나의 유력한 방법일 수 있음으로써다. 유교는 '사실성'에 큰 가치를 부여한 자신의 사상적 정위(定位) 때문에 이런 가능성을 닫아 버렸고, 이로써 유교적 글쓰기의 주요한 기본패턴이 확립되게 되었다. 그런데 사실을 중시하는 글쓰기는 의외로 상상력과 감수성의 면에서 보수성을 띠기 쉽다. '사실'이란 이미 주어진 것, 현실에 존재하는 것을 의미하며, 아직 존재하지 않는 것, 아직 현실 속에서 눈에 띄지 않는 것은 사실이 아니기 때문이다. 그러므로 아직 존재하지 않는 것, 아직 현실 속에서 눈에 띄지 않는 것은 허구를 통해 찾아 나설 수밖에 없다. 물론 허구라고 해서 다 그것이 가능한 것은 아니지만, 그래도 허구에 일말의 희망을 걸어 볼 수 있다. 이 점에서 허구는 전복적(顚覆的)일 수 있으며, 사실에서 발견되기 어려운 더 높은 진실을 찾아내는 종요로운 길이 될 수 있다.

사실성을 중시하는 유교적 글쓰기는 '정명(正名)의 글쓰기'라

명명될 수 있다. 정명(正名)의 글쓰기는, 문자와 그 지시 대상이 서로 합치됨(혹은 합치되어야 함)을 전제한다. 그래서 정명의 글쓰기는 사실과 올바름을 추구하는 것이 글쓰기의 본령이라고 믿는다. 도(道)는 다른 데 있는 것이 아니라 바로 사실과 올바름 속에 있다고 보는 것이다. 이와 달리 도가나 불가에서는 문자는 단지 방편일 뿐이며, 도는 문자 밖에 있다고 보았다. 그래서 문자와 그것이 지시하는 대상이 꼭 합치되는(혹은 합치될 수 있는) 것은 아니며, 또한 현상적으로 확인되는 사실이나 올바름에 도가 있다고 생각지도 않았다. 그래서 사실이 중요하다는 집착에서 벗어날 수 있었으며, 허구의 가치를 긍정하고, 도를 드러내 보이기 위해 허구(혹은 허구에 바탕을 둔 이미지)를 적극적으로 구사하였다. 이런 글쓰기는 '가명(假名)의 글쓰기'라 명명될 수 있다. 유교적 글쓰기는 때로 우언(寓言)을 자신의 영역 속에 받아들이기도 하는 등 가명의 글쓰기를 일부 수용하기도 하였으나, 전체적으로 볼 땐 정명의 글쓰기를 견지하였다. 그러므로 가명의 글쓰기는 장르체계의 중심부에 위치하기 어려웠으며, 늘 주변부를 맴돌 수밖에 없었다.

이처럼 유교적 글쓰기, 혹은 유교적 이념에 기반을 둔 장르들은 사실을 중시하고 허구를 폄하했기에 그 감수성이나 상상력에서 일정한 제약이 초래되었다. 그리하여 유교적 글쓰기는 온건하거나 회화적(繪畵的)이거나 직관적이거나 자연친화적이거나 사실적이거나 근거에 바탕을 두거나 시비(是非)를 분변하는 글쓰기의 면모를 보여줄 수는 있었으나, 엉뚱하거나 기발한 감수성을 보여준다거나, 초월적이거나[9] 그로테스크한 상상력을 보여준다거나, 환상이라든가 자유로운 판타지 같은 것을 보여줄 수는 없었다. 말하자면 유교적 글쓰기는 넓은 의미에서의 실용성은 풍부했으나 **꿈꾸기**가 부족하거나 결여되어 있었던 것이다. 그러므로 꿈꾸기는 장르체계의 주변부에 서식하는 장르들의 몫이 될 수밖에 없었다.

16. 한문학의 장르들은, 공적 장르와 사적 장르를 망라할 경우 아주 많고 다양하다.[10] 근대문학의 장르들이 고작 몇 개에 지나지 않음을 생각한다면 이는 대단히 놀라운 일이다. 뿐만 아니라 세계적으로 이렇게 많은 문학장르를 가진 문화권이 유교 문화권 외에 달리 있었던 것 같지도 않다. 그러므로 유교와 장르의 관계를 문제 삼을 때 이 점은 꼭 따져 봐야 할 사안이 아닐 수 없다. 한문학 장르들의 종류가 이렇게 많아진 건 과연 유교와 관련이 있는 것일까? 만일 관련이 있다고 한다면 이렇게 많아진

---

9 한시에는 유선시(遊仙詩)라 하여 초월적 세계에서 노니는 꿈을 노래한 종류의 시가 있기는 하다. 하지만 유선시는 유가적 상상력이 아니라 도가적 상상력에 의거하고 있다.

10 이 점은 오눌(吳訥)의 『문장변체』(文章辨體)와 서사증(徐師曾)의 『문체명변』(文體明辨)을 보면 잘 알 수 있다. 吳訥·徐師曾, 『文章辨體序說·文體明辨序說』(台北: 長安出版社, 1978) 참조.

이유를 대체 어떻게 설명해야 할까?

본서의 제2장과 제3장에서 살폈듯이 한문학 장르들은 거의 모두가 유교와 깊은 관련을 맺고 있다. 그것들은 유교와 이념적으로 관련을 맺고 있기도 하고, 유교의 정치적·문화적·생활적 요구에 부응하고 있기도 하다. 그런데 장르의 종류가 이렇게 많아진 것은 우선 유교가 갖고 있는 독특한 문학관에서 그 이유를 찾을 수 있다. 유교는 오늘날의 문학관처럼 미(美)를 구현하는 특정한 소수의 장르만을 문학으로 간주하는 태도를 취하지 않았다. 유교는 유난스럽게 '문'(文)을 숭상했던바, 둘은 서로 분리될 수 없는 관계에 있다. 유교가 생각한 '문'이란 원래 '인문'(人文)으로서, 인간이 이룩한 온갖 문명의 성과들, 즉 인간의 자기정신이 이룩한 온갖 외화(外化)들, 이를테면 법이나 제도나 의례(儀禮)나 건축이나 기구(器具)나 예술이나 음악이나 글을 모두 망라한다. 문장 혹은 시문(詩文)이란 바로 이 '인문'의 글쓰기적 구현이랄 수 있다. 그러므로 '인문'이 넓은 의미에서의 문이라면, '문장' 혹은 '시문'은 좁은 의미에서의 문이다. 주목해야 할 점은 후자가 전자와 일정한 대응관계에 있다는 사실이다. 이 때문에 유교에서 '문장'은 대단히 자임하는 바가 크고, 그 포괄하는 범위가 넓다. 그리하여, 위로는 천상의 일월성신(日月星辰)을, 아래로는 지상의 산천과 금수와 초목과 화훼 등 온갖 사물을, 그리고 그 사이에 존재하는 인간 세계의 온갖 일과 이치들을 그 대상으로 삼는다. 따라서 유교에서 말하는 문학이란 비단 역사와 사상과 예술과 학술을 아우르는 것일 뿐만 아니라, 국가라는 공적 영역에서 요구되는 온갖 글쓰기들, 그리고 사회적·개인적 영역에서 요구되는 온갖 글쓰기들을 모두 다 포함한다. 유교에서 생각하는 문학의 개념이 이렇게 넓다 보니 불가피하게도 문학장르가 많아질 수밖에 없었다.

한문학 장르가 많아지게 된 두 번째 이유는, 유교에 내재되어 있는 원리 중의 하나인 '유취'(類聚)에서 찾을 수 있지 않을까 한다. '유취'란 비슷한 것끼리 모아 분류하는 것을 이르는 말인데, 유교는 본래부터 사물의 연원이나 존재 양상에 대한 박물학적(博物學的) 관심을 지녔던바[11] 학문에서건 글쓰기에서건 유취의 태도와 경향을 특징적으로 발전시켜 갔다. 이런 유취의 태도와 경향이 장르의 세분을 낳고, 장르를 여러 개로 쪼개고 분류하게 만드는 데 기여하지 않았나 생각된다.

17. 이상 살펴본 것처럼, 유교는 한국문학의 글쓰기와 장르들에 크나큰 영향을 미쳤다. 역사적으로 볼 때 한국문

---

11 유교의 창시자인 공자에게서부터 그런 성향이 강했다. 이 점은 사마천이 저술한 『사기』 「공자세가」(孔子世家)의 다음 구절에서 잘 확인된다: "吳伐越, 墮會稽, 得骨, 節專車. 吳使使問仲尼: '骨何者最大?' 仲尼曰: '禹致群神於會稽山, 防風氏後至, 禹殺而戮之. 其節專車, 此爲大矣.' 吳客曰: '誰爲神?' 仲尼曰: '山川之神, 足以綱紀天下, 其守爲神, 社稷爲公侯, 皆屬於王者.' 客曰: '防風何守?' 仲尼曰: '汪罔氏之君, 守封禺之山, 爲釐姓, 在虞夏商爲汪罔, 於周爲長翟, 今謂之大人.' 客曰: '人長幾何? 仲尼曰: '僬僥氏三尺, 短之至也. 長者不過十之, 數之極也.' 於是吳客曰: '善哉, 聖人!'"(瀧川龜太郎, 『史記會注考證』 下, 商務印書館 香港私家本, 1981년 重印, 730면)

학에 끼친 유교의 영향은 통일신라 이후 점증(漸增)하기 시작해 고려 전기에 좀더 커졌으며, 고려 후기에 사대부층이 형성됨에 따라 이전보다 훨씬 강화되었고, 조선시대에 들어와 막강해졌다고 할 수 있다. 특히 조선 전기에 유교는 한국문학의 장르체계에 가장 큰 규정력을 행사했던바, 둘은 최고의 밀월 관계를 보여준다. 아마도 이 시기에 유교는 한국문학의 장르들을 통해 가장 '안정적'으로 자기를 실현하면서 창조적인 자태를 보여준 게 아닌가 생각된다.

조선 후기에 오면 상황이 복잡해지면서 유교와 장르의 관계는 아주 다면적이고 다층적인 국면으로 접어들게 되는 것으로 보인다. 유교는 여전히 글쓰기와 장르들에 규정력을 발휘했지만, 유교의 영향을 별로 받지 않는 장르들도 생겨났고, 또 다소의 영향을 받으면서도 스스로의 속셈을 갖고 자기대로의 원리와 길을 찾아 나서는 장르들이 대두하였다. 그러므로 조선 전기가 유교적 구심력이 한국문학의 장르들에 비교적 강하게 관철된 시기라면, 조선 후기는 유교 체제가 여전히 유지되고 있었음에도 불구하고 이따금 그 한복판에서, 그리고 종종 그 주변부에서, 유교로부터 이탈하고자 하는 움직임이 대두된 시기라고 말할 수 있다.

하지만 유교로부터의 이탈 움직임은 실제 이상으로 과장되어서는 안 된다. 조선 전기만큼은 아닐지 모르지만 이 시기에도 유교는 여전히 강고한 규제력과 구심력을 글쓰기와 장르들에 작동시키고 있었다는 점에 유의하지 않으면 안 된다. 이런 점에 유의하면서 이 시기에 보이는, 유교를 내파하려는 움직임이라든가 유교와 다른 원리와 가치를 모색하고자 한—혹은 현시적(顯示的)으로, 혹은 은밀하게, 혹은 절충적으로—지향들이 주목될 필요가 있다.

지금까지의 논의를 통해 알 수 있듯, 유교가 한국문학의 글쓰기와 장르들에 미친 영향에는 공(功)과 과(過) 양면이 있으며, 공과 과는 마치 뫼비우스의 띠처럼 안팎이 나뉘지 않는다. 우리는 이 점을 직시할 필요가 있다. 하지만 부정할 수 없는 것은, 한국 전근대문학이 근대문학과 비교할 수 없을 정도로 아주 다양하고 다채로운 장르들을 거느리면서 삶과 사회와 자연의 갖가지 부면을 글쓰기를 통해 드러내며 고도의 미학적 수준과 사유 수준을 확보할 수 있었던 것이 궁극적으로 유교 때문에 가능했다는 사실이다.

찾아보기